LE BAL DES CÉLIBATAIRES

DU MÊME AUTEUR

Grand Prix de la Société des gens de lettres
et prix Alexandre-Dumas
pour l'ensemble de son œuvre

Paradis entre quatre murs, Laffont.
Le Bal des ribauds, Laffont ; France-Loisirs.
Les Lions d'Aquitaine, Laffont ; prix Limousin-Périgord.
Divine Cléopâtre, Laffont ; collection « Couleurs du temps passé ».
Dieu m'attend à Médina, Laffont ; collection « Couleurs du temps passé ».
L'Aigle des deux royaumes, Laffont ; collection « Couleurs du temps passé » et Lucien Souny, Limoges.
Les Dieux de plume, Presses de la Cité, prix des Vikings.
Les Cendrillons de Monaco, Laffont ; collection « L'Amour et la Couronne ».
La Caverne magique (La Fille des grandes plaines), Laffont, prix de l'académie du Périgord ; France-Loisirs.
Le Retable, Laffont et Lucien Souny, Limoges.
Le Chevalier de Paradis, Casterman, collection « Palme d'or » ; Lucien Souny, Limoges.
L'Œil arraché, Laffont.
Le Limousin, Solar ; Solarama.
L'Auberge de la mort, Pygmalion.
L'Auberge rouge, Pygmalion ; Pocket.
La Passion cathare :
1. *Les Fils de l'orgueil,* Laffont.
2. *Les Citadelles ardentes,* Laffont.

La Lumière et la Boue :
1. *Quand surgira l'étoile Absinthe,* Laffont ; Livre de Poche.
2. *Les Roses de fer,* Laffont, prix de la ville de Bordeaux ; Livre de Poche.

L'Orange de Noël, Laffont, prix du Salon du livre de Beauchamp ; Livre de Poche ; France-Loisirs et Pocket.

(voir suite en fin de volume)

Michel Peyramaure

Le Bal des célibataires

roman

Boîte à livres

ROBERT LAFFONT

ISBN 2-221-10455-2

À Claude Duneton

Avant-propos

Elle arrive en septembre 1913 dans un petit village de la basse Corrèze, Saint-Roch, où la vie tourne autour de l'église et de l'école libre. Petit hussard en jupon de la République, elle apporte dans ce coin reculé de la province française les lumières de la laïcité. Elle s'appelle Cécile Brunie. Elle est l'héroïne de *L'Orange de Noël*, l'un des plus beaux romans de Michel Peyramaure.

Jean-Luc Michaux, Béatrice Rubinstein et Jean-Louis Lorenzi, qui avaient adapté en 1997 le roman pour la télévision, ont eu l'idée, avec *Le Bal des célibataires*, de redonner vie à ce magnifique personnage et de plonger Cécile Brunie dans les années difficiles qui ont suivi la guerre de 14.

À leur tour, ils ont inspiré Michel Peyramaure, qui a écrit l'adaptation libre du scénario.

Saint-Roch (Corrèze), août 1914

De toute ma vie je ne fus témoin d'un tel chambardement, et je n'en verrai sans doute jamais d'autre. Pas même pour le 14 Juillet à Meyssac. Pas même pour les Foires franches de Brive. Non, jamais plus. Il faut l'avoir vu pour le croire.

Tout a débuté par une procession de voitures paysannes de toutes sortes, attelées d'un cheval, d'une mule ou d'un bourricot. Il y avait même une charrette traînée par deux vaches, descendue de la ferme des Ardaillasses, à bonne distance du bourg. Elle s'était arrêtée au moulin de Jules Bernède pour faire boire les bêtes déjà fatiguées. « Ceux-là, me suis-je dit, ils vont manquer le train, pour sûr. » Il faut dire que ce matin d'août il faisait une chaleur à faire rôtir les couleuvres.

Mon frère, Pierre, tenait les brides de notre char à bancs, qu'il avait décrotté la veille. Cécile, notre institutrice et presque sa femme, se tenait près de lui, son sac de ville sur les genoux, comme pour la messe, son chapeau de paille à coquelicots penché sur l'avant du visage pour le protéger du soleil. Moi, Malvina, j'étais assise derrière, sur de la paille qui sentait le fumier. Comme elle craint le soleil, je lui ai conseillé d'ouvrir son ombrelle. Elle m'a répondu que ça ferait *mauvais genre* pour traverser le bourg, et sur la route. À Brive, en revanche, personne ne la remarquerait.

On aurait dit que tout le village partait pour une migration, comme lors de la fête votive de Brive, sauf que, ce jour-là, personne n'avait le cœur à s'amuser. On voyait bien des gars brandir des bouteilles en chantant *Le Chant du départ*, *La Madelon* ou la *Yoyette*, des chansons que nous faisions semblant de ne pas entendre.

En arrivant à Branceilles, Pierre s'est écarté de la procession pour faire boire notre jument, Ponnette. Cécile est descendue pour se dégourdir les jambes et saluer des gens de connaissance qui s'apprêtaient à nous emboîter le pas. Pierre a flatté l'encolure de la bête et retendu les brides en disant à Cécile :

— Regarde, elle est déjà toute blanche d'écume, cette vieille carne ! Faudra pas la garder. Elle a fait son temps. Tu diras à la Maïré de la conduire à l'équarrisseur. Elle en tirera bien quelques sous et ça l'aidera à acheter un bourricot pour la remplacer. C'est plus résistant et ça mange moins.

François Delpeyroux, notre voisin des Bories-Hautes, s'est arrêté pour demander à Pierre s'il avait besoin d'un coup de main. Mon frère lui a répondu : « Oui, pour finir cette chopine. » François est reparti balin-balan dans sa carriole de livraison, un peu ivre à ce qu'il m'a semblé, car il avait déjà fêté la mobilisation générale pour la guerre qui allait conduire nos gars à Berlin.

Il y avait foule dans la cour de la gare de Brive quand nous sommes arrivés, et nous n'étions pas les derniers. À croire que tous les villages des environs se dépeuplaient pour le grand voyage chez Guillaume. Ranger le char à bancs dans la cour demanda du temps et de la patience, et Pierre commençait à s'énerver, d'autant qu'il ne s'était pas levé du bon pied. Imaginez un peu ! Pour accrocher les brides, pas le moindre anneau, pas la plus petite palissade. Cécile dit que le mieux était de laisser notre carriole là où elle était, qu'elle n'allait pas s'envoler. Sans ombre pour l'abriter, Ponnette risquait de prendre un coup de chaud.

— Toi qui rêvais de monter sur la passerelle, me dit Cécile, c'est l'occasion, mais ne t'attarde pas trop. Tu nous retrouveras devant la porte du buffet.

Du haut de cet ouvrage métallique qui enjambe les voies comme les ponts une rivière, la gare m'apparut dans son immensité sillonnée de rails, clignotante de signaux verts et rouges. Le convoi qui allait me prendre mon frère était déjà à quai sous la grande verrière. Avec ses halètements fiévreux et les bouffées de vapeur blanche qui sentaient le charbon humide et chaud, la locomotive semblait bouillir d'impatience.

Entre la première voie où était stationné le convoi en direction du nord et les bâtiments annexes, une foule d'hommes attendaient, debout ou assis à même le sol, au milieu des bagages, buvant leur chopine au goulot, mangeant leur pain et leur fromage ou fumant leur gros tabac, le regard dans le vague. Des femmes vêtues de sombre, immobiles et silencieuses, tenaient compagnie à la plupart d'entre eux, certaines avec un enfant dans les bras ou le tenant par la main.

Je n'avais jamais assisté au départ d'un convoi d'une telle importance. À côté de ce Léviathan ferroviaire, les trois wagons de notre tramway départemental, le *tacot* ou le *tortillard*, que nous prenons pour nous rendre à Brive, a la dimension d'un jouet.

De retour sur le quai, en louvoyant à travers les groupes et les bagages, j'eus du mal à retrouver Cécile et Pierre. Elle se tenait accrochée à son bras et lui parlait, mais il semblait avoir la tête ailleurs. Il devait songer à ses vaches, à sa vigne, aux vendanges qui se feraient sans lui, et surtout à ces espaces inconnus qu'il allait avoir à affronter. Une musique d'accordéon, une rumeur de voix et d'exclamations venaient du buffet où, dans une fraternisation inhabituelle, s'entassaient les mobilisés, de jeunes hommes de la ville mêlés à ceux des campagnes.

En cours de route, j'avais imaginé une ambiance de départ comparable à celle d'un pèlerinage à Lourdes, dans la rumeur du *Salve Regina.* Outre le raffut mené par quelques gars pris de vin, un chant patriotique qui éclatait spontanément, des rires qui sonnaient faux, on devinait que tous ces gars en avaient *lourd sur la patate,* comme disait Pierre. Il avait retrouvé des gars du bourg, des Parementaux, du Puy-Rebière, des Ardaillasses et d'autres écarts, mais aucun n'avait le cœur à rigoler et à raconter des *niorles,* ces histoires souvent lestes, qui font rire à la fin des repas.

Quitter leur ferme alors qu'ils avaient du pain sur la planche leur faisait peine. Pour aller où ?

Pour faire quoi ? Quand on leur disait qu'ils allaient prendre la route de Berlin, ils répondaient : « Qu'est-ce qu'on irait foutre à Berlin ? Et d'abord, c'est où ? » On avait beau tenter de les rassurer, leur dire que ce serait l'affaire de quelques semaines, qu'on ne ferait qu'une bouchée des *Pruscos* de Guillaume, ils se seraient bien passés de cette promenade militaire.

En regardant les inscriptions à la peinture blanche qui dégoulinaient sur le flanc des wagons : *À Berlin ! Mort aux Boches !* je me disais qu'il faudrait, de retour aux Bories-Hautes, que je consulte mon atlas pour savoir où se trouvait cette ville germanique lointaine et mystérieuse où mon frère allait se retrouver, calculer la distance par chemin de fer et le temps qu'il mettrait pour y arriver. Cécile m'y aiderait.

Un coup de sifflet strident m'a fait sursauter. Des ordres ont claqué sec. Une *Marseillaise* a retenti, venant d'un groupe de lascars avinés, puis un autre chant patriotique : *Vous n'aurez pas l'Alsace et la Lorraine...* L'accordéoniste a joué *La Madelon.*

— Pierre, a dit Cécile, c'est le moment, il faut monter si tu veux trouver une place pour t'asseoir. Le trajet risque d'être long.

Elle a aidé mon frère à enfiler ses deux musettes en croix sur la poitrine et à placer sur une épaule son barda de linge. Elle l'a pressé contre elle et lui a dit en pleurant :

— N'oublie pas de m'écrire, mon Pierre. On se mariera à ta première permission ou à ton retour. D'ici Noël, tout sera fini, à ce qu'on dit. Sois prudent. Tu n'as pas oublié tes papiers et ton ordre de mobilisation ?

Il a eu un hoquet d'émotion en l'embrassant, mais sans dire un mot. Je n'ai jamais entendu Pierre tenir de longs discours, mais là, je fus choquée par son silence, comme si, lui qui n'avait pour ainsi dire jamais quitté Saint-Roch, prenait pied dans un autre monde, et partait avec la conviction de ne jamais revenir. Il m'a embrassée de même, sans plus d'effusion que lorsqu'il partait pour la foire de Meyssac. Ce n'est que lorsqu'il eut trouvé une place et se fut montré à la portière, qu'il a répété, au milieu des cris et des sanglots de femmes, de la voix qu'il prenait pour apostropher nos vaches, la consigne qui lui tenait à cœur :

— Cécile, oublie pas, pour Ponnette ! Faut vous en débarrasser. Dis à la Maïré qu'elle trouve un bourricot pour remplacer cette pauvre bête plus bonne à rien et qui coûte à nourrir.

Pierre, je crois l'avoir bien connu. Il était ce jour-là, de même que nous, accablé de chagrin, mais il avait cette pudeur d'homme qui tient à maîtriser ses sentiments. Cécile non plus n'était pas dupe de cette attitude, en apparence insolite. Elle m'a dit en me prenant le bras, alors que le train s'ébranlait :

— Malvina, il ne semble pas très expansif, ton frère, mais, en m'embrassant, il avait des larmes aux yeux. Je l'aime comme il est : un brave garçon tout simple, franc comme l'or.

J'avais du mal, sans un instant le regretter, à admettre que Cécile, cette demoiselle jeune, belle, élégante... et institutrice, ait pu s'éprendre de cet homme un peu rustaud, au point de songer à l'épouser et de se réjouir qu'il l'eût engrossée. Ce qui compensait la peine de Cécile, c'est qu'elle avait, depuis deux mois, la certitude d'être enceinte de Pierre. Elle n'en avait rien dit à la Maïré, mais, alors que nous étions seules, elle m'avait prise dans ses bras pour m'entraîner dans un tour de danse en riant comme jamais je ne l'avais vue rire, et en s'écriant :

— Tu te rends compte, Malvina, enceinte ! Il va falloir que nous songions à la noce. Faire passer Pâques avant les Rameaux, ça risque de faire jaser dans la commune mais je m'en fiche...

Triste retour aux Bories-Hautes...

Malgré la chaleur étouffante, nous avons fait quelques emplettes en ville avant de repartir. Ponnette a peiné pour venir à bout du raidillon qui accède au bourg de Saint-Roch, en procession comme pour l'aller, mais avec moins de voitures, la migration matinale s'étant dispersée.

Jamais le bourg ne m'a paru aussi désert et silencieux. Jules Joffre, notre maire, palabrait devant la halle, en présence d'un groupe de bigotes, qu'on appelle chez nous des *menettes,* et du nouveau curé, l'abbé Calmel, un jeunot frais émoulu du séminaire dont Cécile s'est étonnée avec aigreur qu'il n'eût pas été présent à la gare. Quelques vieux jouaient à la manille sous le tilleul, devant le bistrot de la Jeanne. Des chiens erraient çà et là, à la recherche de leur maître. Devant le *clédou,* le petit portail doté d'une clochette en bronze de Rocamadour, ouvrant sur le jardin de notre voisine, la Jacotte, épouse de François Delpeyroux, des femmes bavardaient en tricotant. Un enfant pleurait dans la maison.

J'ai ressenti cette vacuité insolite comme la prémonition d'événements dont la menace ne cessait de se préciser et d'obséder la gamine que j'étais. Cela me pesait au creux du ventre, comme, peu de temps après, le chagrin ressenti lors du départ de Ponnette, que je dus conduire, en larmes, à l'équarrisseur. Je n'avais qu'une notion sommaire de la situation générale, mais avec une certitude terrible : les temps nouveaux que nous venions d'aborder allaient, par leur nature et leur gravité, bouleverser notre vie.

Le premier geste de Cécile, à peine étions-nous arrivées aux Bories-Hautes, je ne l'ai pas oublié. Après avoir épanché son chagrin sur l'épaule de la Maïré qui s'épongeait les yeux avec un coin de son tablier, elle avait rangé les sabots de Pierre à leur place habituelle, dans le *cantou*, près du foyer, avec cette recommandation formelle :

— Il faudra qu'ils restent là, et que personne les déplace, jusqu'à ce que Pierre revienne...

Les années ont passé et ces reliques n'ont pas changé de place. Cécile, de temps à autre, en fidèle vestale des dieux lares, les chausse et change le foin qui tapisse l'intérieur.

1

Le temps des veuves

Saint-Roch, automne 1918

Sur nos terres du bas pays limousin, l'hiver ne s'annonce qu'avec ménagement, *en y mettant des formes*, comme on dit. Avant d'aborder nos latitudes privilégiées, il a une mission à remplir dans l'Auvergne proche où les montagnes réclament leurs premières neiges. Ces nuages sombres, tapis sur l'horizon comme de gros chats gris, sont loin de nous et ne nous inquiètent guère pour le moment. Pendant une ou deux semaines, nous aurons encore des jours de cristal et de velours.

J'aime boire à petites gorgées ce reliquat de liqueur douce que l'été a laissé dans le fond de nos verres.

Les vacances de la Toussaint ont débuté et se sont achevées dans les derniers grondements de la guerre. Le 11 novembre, l'armistice nous a libérés de nos angoisses sans nous apporter le bonheur. En refermant la porte de ma classe pour le congé de convalescence, consécutif à une grippe sévère, je me disais que j'allais me replonger sereinement, pour une semaine ou deux, dans l'ambiance de la ferme familiale des Bories-Hautes, entre la Maïré,

Cécile et son fils, qui porte le nom de son père, mais que nous appelons Petit-Pierre.

Cette grande bicoque où j'ai vécu mon enfance et une partie de ma jeunesse, je ne la reconnais plus, depuis le début et même durant toute la guerre.

Elle était jadis animée comme une volière, avec, dominant les bruits ordinaires de la basse-cour et de l'étable, la voix perçante de la Maïré, cette sorte de patricienne volontiers portée à la tyrannie. Traité comme un valet, notre père s'était échiné au travail avec un seul pouvoir, que nul ne lui contestait : celui de se taire. Ce *taiseux* est mort alors que j'allais sur mes onze ans, foudroyé en plein champ un jour d'été. Nous l'avions ramené et soigné de notre mieux, sans parvenir à le sauver. J'ai le sentiment que cette fin fut pour lui une délivrance. La mort est douce aux galériens.

Ma sœur aînée, Flavie, a quitté les Bories-Hautes peu de temps après, pour des prestations mal rémunérées de couturière chez les châtelains de Saint-Roch, les sœurs de Meyssac, et des particuliers. Après mon certificat d'études, ce fut mon tour de partir pour le collège de Brive, premier échelon qui, dans ma carrière d'enseignante, me préparait à l'école normale, avant le poste d'institutrice à Brive, à l'école du Pont-Cardinal, dans la classe des petits.

En plus de Flavie et de Pierre, notre aîné, j'ai deux frères, Paul et André, pour lesquels je n'ai guère d'affection et moins encore d'affinités. Après leur départ pour la ville, ils sont devenus pour moi des étrangers. Pierre a été porté disparu au retour d'une permission où il avait épousé Cécile et appris qu'il allait être père, ce qui avait transformé cet être sombre et taciturne de nature en époux attentif et parfois tendre.

Le départ de Paul et André, à la fin de leur adolescence, a été ressenti par la Maïré comme une tragédie. Ils avaient trouvé à s'employer à la Manufacture d'armes de Tulle, la *Manu*, et menaient la belle vie avec quelques *munitionnettes* de leur âge, alors qu'ils auraient pu et dû rester à la ferme pour aider leur mère.

Pour la Maïré, malgré le soutien de Cécile qui l'a aidée de son mieux durant ses heures libres, la vie a vite périclité. Ponnette sacrifiée, non sans regret, elle s'est retrouvée seule avec son chien et son troupeau de vaches, amputé par les réquisitions officielles.

C'est alors que, grâce à l'intervention du maire, elle a hérité d'un soldat allemand prisonnier de guerre qui cassait des cailloux pour construire, dans les environs, une nouvelle route qu'on allait appeler la *Route des Allemands*. Originaire d'un village des montagnes bavaroises dont j'ai oublié le nom, Hugo Brenner n'était pas un novice : l'élevage et les travaux courants de la ferme, excepté la vigne, ça le connaissait.

Malgré ses épaules *à la Saint-Galmier*, comme on disait, ses lunettes à monture de fer aux branches réparées au ruban adhésif, c'était un homme rude et travailleur. Sa patronne n'eut jamais à s'en plaindre. Il était, de plus, de bonne composition et acceptait sans trop rechigner le régime spartiate et le travail de forçat que lui imposait la Maïré, et même, quelques mois plus tard, de dépenser ce qui lui restait d'énergie à faire oublier son veuvage à la patronne.

À l'annonce de l'armistice, il n'a pas attendu qu'on décide de son sort pour prendre le large et retrouver, par ses propres moyens, le chemin de la Bavière. De nouveau veuve et seule, il n'est resté à ma mère, usée et malade, qu'à confier le reste de son existence à la communauté. Elle est allée mourir à l'hospice de Turenne. Elle avait passé les soixante-dix ans.

Nous possédions assez de biens pour subvenir sans trop de privations aux besoins d'une famille, mais pas sans l'aide d'un homme à même d'en assurer l'exploitation. Compter sur l'aide des voisins eût été illusoire. Il faudrait d'ailleurs dire des *voisines*, car la situation de la commune rappelait celle des îles occupées par ces femmes, les Amazones, qui devaient perpétuer leur race par l'opération du Saint-Esprit. Il ne fallait pas compter non plus sur Cécile : elle n'allait pas renoncer à sa carrière d'enseignante pour prendre l'exploitation en main. Outre qu'elle était notoirement incompétente, elle n'avait pas la santé nécessaire. Elle avait élu domicile dans notre ferme et s'efforçait, après avoir vendu ce qui restait du troupeau, de garder la maison, le jardin et le *coudert* propres et bien tenus, en attendant la fin de la guerre et le retour de son mari.

Lorsque, lasse de l'entendre se plaindre, je lui conseillai de mettre la clé sous la porte et de tout laisser en jachère, elle me répondit, outrée comme si je lui avais suggéré une trahison :

— Tu n'y songes pas ? Je veux que Pierre, lorsqu'il reviendra, trouve un fagot dans le *cantou*, une soupière sur la table, ses sabots à leur place et des draps propres à notre lit. Il comprendra que, pour le reste, j'aie dû baisser les bras.

En me faisant cette réponse, elle doutait parfois, je le comprenais, du retour de Pierre, et je n'entretenais moi-même guère d'illusions. Sensible au devoir qu'elle s'imposait, j'avais en revanche cessé d'accorder le moindre crédit à ses espoirs, de jour en jour plus fragiles. J'avais beau me dire que, dans quelques années, Petit-Pierre, par atavisme ou par obligation morale, s'attacherait peut-être à remettre ce domaine en valeur, au fond de moi, je n'en croyais rien.

Depuis le début de la guerre, Cécile avait changé. En quelques mois, la fatigue, les soucis, la solitude, un accouchement difficile lui avaient volé quelques années de sa vie. Elle avait un peu grossi ; son visage, auquel elle avait renoncé à donner d'autres soins qu'une toilette quotidienne, s'était épaissi, ses épaules s'étaient resserrées et voûtées, mais c'était miracle quand elle souriait.

Ce qui me rassurait, en revanche, c'est sa force d'âme, cette détermination sans faille qui constitue le fond de sa nature : ce qu'elle a décidé, elle l'exécute, quoi qu'il lui en coûte. Ce sont des qualités que j'apprécie d'autant plus que j'en ai profité. Je ne puis oublier ses efforts pour arracher à sa gangue de glaise et de fumier la sauvageonne qui traînait sur les chemins, et m'inculquer la volonté et l'énergie qui m'ont permis d'affronter une vie normale. Elle m'a poussée, en dépit des doutes qui l'assaillaient parfois, vers cette consécration : le certificat d'études primaires. En me révélant à moi-même et en m'imposant aux autres, elle a été une sorte de Pygmalion, et malgré les quelques années qui nous séparent, une mère et une sœur pour moi : une vraie famille à elle seule.

La mansarde qui me sert de refuge dans notre ferme me rappelle, en plus confortable, les soues, les ruines et les granges où, dans ma jeunesse, je passais souvent mes nuits d'enfant sauvage. Je l'ai aménagée à ma convenance, comme pour y préparer une retraite qui, Dieu merci, est encore loin.

Une sorte de placard me rappelle le compendium de l'école communale.

Sur des étagères faites de planches et de briques, j'ai rangé quelques épaves échouées sur la grève du temps : un *tessenou,* sorte de collier fait de glands et de marrons d'Inde racornis, première expression de mes goûts artistiques, la chitine translucide d'une peau de couleuvre recueillie au bord d'une mare, un crâne de lapin ou de renard, une boîte à sucre contenant un trésor dérisoire de cailloux, de racines, de fleurs séchées, un sou percé, la peau, grise et dure comme une pierre, d'une orange qui me fut offerte un soir de Noël...

Mes véritables trésors meublent une autre étagère : l'atlas géographique offert pour mon certificat par l'ami de Cécile, Fred Moreau, typographe anarchiste insoumis, le coquillage volé à la fille de la châtelaine, Isabelle de Bonneuil, un encrier en faïence de Quimper, cadeau de Cécile à la suite d'un voyage en Bretagne...

Au retour de l'école normale, j'ai confié à Hugo Brenner la fabrication d'une petite table à étagère et d'un fauteuil dont la rusticité, en dépit de son inconfort, me ravit. J'ai rangé mes livres préférés, des romans d'Émile Zola, de Romain Rolland, et des poèmes de Victor Hugo voisinant avec des documents pédagogiques.

Dans les années de la guerre, la campagne que je découvrais de la fenêtre de ma mansarde ne ressemblait plus à celle de mon enfance et de ma prime jeunesse : elle était en état de latence, comme sur le point de replonger dans la sauvagerie des origines. En maints endroits, les cultures sarclées avaient fait place à la broussaille, les prairies et les champs étaient retournés à la friche. Quant à notre vigne, orgueil de Pierre et source de profit pour la Maïré, elle se présentait comme un enchevêtrement de pampres où pourrissaient et séchaient les grappes. Après les dernières vendanges, celles qui avaient succédé au départ de Pierre, nous avions vu pour la dernière fois les charrettes des marchands auvergnats venir prendre livraison de notre vin.

Il n'y avait que les lointains de la vallée pour me donner l'illusion que rien n'avait changé dans ce paysage. En fumant une cigarette, en grignotant les cuticules de mes ongles, j'aimais suivre du regard le souple chevauchement des collines qui se diluaient dans une brume bleue, jusqu'à se fondre dans le gris sur la vallée de la Dordogne.

Cette journée de novembre menace d'être pluvieuse et froide. Cécile est venue m'attendre à la gare de Meyssac avec notre char à bancs attelé de l'âne Coquin, qui a remplacé pour cet office notre vieille jument. Elle a laissé la ferme à la vigilance de Fanfan, un berger reconverti en chien de garde, et s'est fait accompagner de Petit-Pierre, qui va sur ses trois ans et gagne en taille et en beauté, sinon en sagesse.

Elle m'a dit en m'embrassant :

— Tu arrives à point nommé pour assister à une cérémonie. On vient de ramener le corps de Roger Delmas, de la Chanourdie, qu'on a retrouvé dans une tranchée comblée par un bombardement. Ce sera peut-être le dernier soldat que la guerre nous aura rendu. Il conviendrait que tu sois présente, puisque tu l'as connu. Toute la commune assistera à l'inhumation. T'en sens-tu la force ?

Encore très affaiblie par ma grippe, j'ai promis pourtant d'être présente. Il est vrai que j'ai bien connu Roger Delmas, jadis. Au cours de la fête votive qui avait suivi ma réussite au certificat d'études, il avait insisté pour me faire danser une valse. C'était pour moi la première invitation de ce genre, et j'en étais fière, d'autant que c'était un bel adolescent et que je n'avais, quant à moi, rien de séduisant.

En tournant la valse, il m'avait dit à l'oreille :

— Malvina, on parle beaucoup dans les journaux d'une guerre qui pourrait bien éclater sans tarder. Si je suis mobilisé et que j'en revienne, si tu veux, on se mariera...

Il ne faut pas s'attendre dans nos contrées, dès la mi-novembre, à un supplément de grâce de la part du temps. À une journée douce et bleutée comme du petit-lait succède un lendemain gris et de la pluie sur des paysages de cendre. Une averse brutale m'a réveillée ce matin ; quand j'ai mis le nez dehors, la vallée baignait dans une brume froide d'où émergeait seul, avec les trois croix de son calvaire, le Puy-Faure. Un soleil naufragé émergeait au-dessus de la Dordogne, dans une charpie grisâtre de nuages.

Le cimetière est devenu un éventaire de parapluies, comme un champ de courges ruisselantes, noires ou d'un vert pisseux. Toute la commune était présente pour ce dernier rendez-vous autour de la fosse. Il n'y avait dans l'assistance, pour ainsi dire, que des femmes et quelques enfants, des adolescents pour la plupart, de cette génération qui n'aura pas connu de père. Les plus jeunes jouaient à patauger dans les flaques avec leurs sabots.

On avait posé le cercueil sur deux tréteaux, recouvert d'un de ces drapeaux tricolores qu'on sort aux fenêtres de la mairie pour le Quatorze

Juillet, sur lequel reposaient un casque et une croix. J'avais peine à imaginer cet homme, Roger Delmas, que j'ai connu dans toute la vigueur et la beauté de sa jeunesse, enfermé dans cette caisse de bois brut.

Je pris Cécile par lc bras pour lui dire à l'oreille, derrière ma main :

— Roger... c'est lui qui m'a fait tourner ma première valse, avant de partir pour le front.

— Je sais, me répondit-elle. Je peux même te dire qu'il en pinçait pour toi, mais il était fiancé à Eugénie. On dit même qu'elle était déjà enceinte. Tu aurais pu faire un beau mariage. La famille a des biens du côté de Végennes.

Je parcourus l'assistance du regard. Eugénie se tenait au bord de la fosse, le visage à peine perceptible sous son voile de veuve, son garçon contre elle, entourée de ses vieux, tous les quatre sous un de ces vastes *parapluies d'escouade* qu'on sort dans nos campagnes à l'occasion des foires et des enterrements, et qui, par leur dimension, peuvent abriter une famille entière.

— J'ai les pieds gelés, murmura Cécile. Qu'est-ce qu'on attend, nom d'un chien ? Que la pluie cesse ?

On attendait le maire. Il aurait dû être là depuis un quart d'heure et la cérémonie ne pouvait débuter sans lui, du fait de son discours. Près de nous, le vieux Bernède, le meunier de la Gane, bougonnait sous son parapluie en se balançant d'un pied sur l'autre, son journal, *L'Humanité*, émergeant de la poche de sa veste.

— On dirait que Joffre fait exprès d'être en

retard, pour se rendre intéressant, ajouta Cécile. Je lui dirai tout à l'heure ce que j'en pense...

Stoïque, coiffé de sa barrette sous le parapluie qui l'abritait, l'abbé Calmel semblait prendre son mal en patience. Nourri du venin maurrassien plus que du miel des Évangiles, il avait, après quelques mois de ministère, fait des prodiges de prosélytisme, passant de famille en famille pour convier les fidèles à la sainte messe, ranimant l'ardeur défaillante des menettes et pressant le maire de réparer les dégâts que les intempéries avaient causés à son église. On en était presque venu à regretter le vieux curé Brissaud.

— J'en ai plein le dos ! ajouta Cécile. Si Joffre n'est pas là dans cinq minutes, je salue la famille et je fous le camp. Tu me suivras si tu veux...

Quelques secondes plus tard, Jules Joffre fit dans le cimetière une entrée de ministre, sous le parapluie tenu par le garde champêtre, Bancarel. Il se découvrit pour s'incliner devant la famille du défunt, salua le curé d'un bref hochement de tête et lui céda la place pour l'homélie qui, Dieu merci, ne dura que quelques instants. Il s'avança jusqu'au bord de la tombe et sortit de sa veste quelques feuillets. Dans le crépitement de tambour de l'averse qui redoublait d'intensité, seuls quelques fragments décousus me parvinrent :

— Ils sont partis le cœur joyeux à l'appel de la Patrie... un ennemi impitoyable... que notre belle terre corrézienne puisse refleurir... victoire... à la droite du Seigneur... éternité...

Cécile soupira :

— Ouf... il a été plus bref que je le craignais.

J'en serai quitte pour un rhume. Quelques minutes de plus, c'était la bronchite...

Précédant l'assistance, le maire s'avança vers la famille du défunt pour un dernier salut. La mère Delmas, qui passe pour avoir son franc-parler, refusa sa main tendue. On l'entendit crier d'une voix grinçante :

— Ah ! ça te va bien, toutes ces simagrées. Tu oublies ce que tu me racontais, il y a quelques mois : que mon Roger pouvait être prisonnier et qu'on aurait une belle surprise quand il reviendrait. Ah ! elle est belle, ta surprise ! Vieux salaud, tu mériterais que je te crache à la figure !

— Comment aurais-je pu prévoir ? bredouilla Joffre. Si j'ai été maladroit, je t'en demande pardon. Ça partait d'un bon sentiment. La guerre ne choisit pas ses victimes. Je suis désolé. Si vous voulez garder mon discours...

Je ne saurais, eu égard au chagrin de la famille, rapporter la réplique d'Adèle à cette proposition, et l'usage qu'elle aurait fait de ces quelques feuillets. Après la mise en terre, nous nous apprêtions à aller présenter nos condoléances à la famille quand une autre altercation éclata. Prenant le relais de la veuve, Bernède s'interposa entre elle et le maire et s'écria, assez fort pour être entendu de toute l'assemblée :

— Je sais bien que c'est ni le lieu ni le moment de vider nos querelles, *monsieur le maire,* mais tu y vas un peu fort. Au cas où tu l'aurais oublié, la guerre est finie, et tes belles envolées patriotiques ne nous feront pas oublier nos morts ! Tu sembles avoir oublié de même que ce sont tes amis politiques qui nous ont conduits à cette boucherie, et que, si l'on avait écouté Jaurès, on n'en serait pas là !

Le maire riposta en brandissant les feuillets de son discours :

— Cette intervention est indécente, Jules ! Si tu as des comptes à régler, tu aurais pu attendre d'autres circonstances. Je suis ton homme, quand tu voudras. Tu te conduis comme un... comme un bolchevique !

— Et j'en suis fier !

Jules Bernède faisait, dans la commune, en matière de politique, figure d'archétype d'un genre particulier. Il ne se cachait pas d'être communiste et de faire son miel des idées répandues par son bréviaire quotidien : *L'Humanité*. Il vouait une dévotion inconditionnelle à Jaurès, ce martyr de la Paix, mais aussi, et surtout peut-être, à une militante communiste allemande : Rosa Luxemburg. À la veille du conflit, de l'autre côté de la frontière, la voix de cette *pasionaria* répondait à celle de Jaurès. Bernède nous a raconté qu'au cours d'un meeting, à Francfort-sur-le-Main, elle avait demandé au public masculin s'il se trouvait dans la foule un seul homme qui, de sang-froid, accepterait de tuer un de ses frères français. La réponse avait été unanime : aucun n'avait levé le petit doigt. La police de Guillaume l'avait jetée en prison.

Nous revînmes aux Bories-Hautes en pressant le pas sous l'averse. Un bon feu nous y attendait. En chemin, je dis à Cécile :

— Cette esclandre m'a bouleversée. Toute cette haine, répandue sans pudeur, était d'une telle indécence que j'ai failli intervenir. Il est temps qu'on en finisse avec ces séquelles, qu'on reprenne une vie normale, que la communauté retrouve son calme pour aborder des épreuves difficiles pour tous. Le discours du maire n'a pas donné le ton juste, si j'en juge par le peu que j'en ai entendu, mais Adèle a eu tort de riposter avec une telle violence. Quant à Bernède, il aurait mieux fait de se taire !

Cécile partageait mon avis. Elle ajouta :

— Dans une commune d'aussi modeste importance que Saint-Roch, où les gens n'ignorent rien les uns des autres, de telles dissensions sont inévitables. Elles s'ancrent dans les esprits plus étroitement et durent plus longtemps qu'en ville. À Brive, les gens auraient peut-être grincé des dents mais se seraient tus. Ici, les sentiments sont plus âpres et plus durables. Il faudra des années avant que les hommes oublient des querelles que la guerre n'a fait qu'exciter...

En arrivant aux Bories-Hautes, la veille, j'avais eu un hoquet de surprise en constatant qu'une pancarte flanquait la palissade : *Propriété à vendre ou à louer.* Je n'en dis rien sur le moment, mais, étonnée que Cécile ne m'en ait pas parlé avant de prendre cette décision, je me proposai de lui en faire le reproche. Ce n'est qu'en séchant nos pieds déchaussés tendus vers le feu, sur lequel Petit-Pierre avait veillé, que je lui dis ma surprise :

— Ce projet, tu aurais pu m'en parler. Tu tiens donc vraiment à vendre la propriété ? As-tu bien réfléchi ?

Elle soupira d'un air affligé :

— Si j'y ai réfléchi, Malvina ? Des jours et des nuits ! C'est devenu une obsession permanente... Ce n'est pas de gaieté de cœur, crois-moi, que j'ai pris cette décision. Le moindre objet me rappelle la présence de Pierre : ses sabots, sa pipe, sa canne... Tout ! C'est comme si j'étais poursuivie par un fantôme. Si seulement on me l'avait renvoyé dans un cercueil, comme à cette pauvre Adèle... L'idée que Pierre est resté enfoui dans une tranchée, qu'on ne le retrouvera, si on le retrouve, que dans des mois ou des années, m'est insupportable. Alors, je souhaite quitter au plus tôt les Bories-Hautes où je n'ai plus ma place, tu le sais bien. Et puis j'en ai assez de rencontrer toujours les mêmes personnes, de répondre à la même question : « Alors, mademoiselle, toujours pas de nouvelles de votre mari ? » Si seulement...

Elle s'est penchée pour caresser le chien Fanfan, qui a répondu par un gémissement d'aise, avant de poursuivre :

— ... si seulement il y avait, dans ce trou perdu, un homme qui me convienne, que je puisse fréquenter, épouser peut-être... Je n'en connais aucun, Malvina, aucun ! Saint-Roch est devenu un village de femmes, de veuves, de vieillards, d'enfants et d'infirmes. À Brive, en revanche...

Je ne pouvais lui tenir grief de sa décision. Autant il m'en aurait coûté de sacrifier un bien de famille, bien qu'il ne m'appartienne plus que pour une faible part, autant je comprenais la détresse de ma belle-sœur. Née à Brive, elle y avait passé sa jeunesse et y avait encore des connaissances. Ce qui me rassurait, mais que je me gardai de lui confier, c'est que notre propriété trouverait difficilement preneur. De la vente de ce domaine agraire d'importance modeste, Cécile n'aurait pas tiré une fortune. L'argent ne manquait pas dans la commune, la guerre, avec les restrictions qu'elle imposait, ayant fait grossir les bas de laine. Ce qui, en revanche, faisait cruellement défaut, c'étaient des bras d'homme pour faire renaître ce village et cette terre.

En apprenant la décision de sa mère, Petit-Pierre regimba, disant qu'il ne voulait pas quitter les Bories-Hautes :

— C'est la maison de mon père. Je veux qu'on l'attende ici. Si nous partons, il nous retrouvera pas.

Cécile tenta de le rassurer :

— Quand ton père reviendra, il trouvera la clé avec une lettre et notre nouvelle adresse.

Petit-Pierre n'en démordait pas :

— Pars si tu veux ! Moi, je reste...

Cette humeur souvent abrupte alternant avec des élans généreux, cette volonté inébranlable, l'enfant les tenait de son père. C'est peut-être ce que Cécile appréciait le plus dans ce bout d'homme. En toutes circonstances, elle évitait de le heurter de front, sans pour autant satisfaire à tous ses caprices.

Ce même soir, le premier de mon temps de convalescence, Cécile souhaita en savoir davantage sur mon existence que ce que je ne lui en avais révélé. Sans rien lui cacher de l'essentiel, j'évitai des confidences qui, au mieux, auraient pu la laisser indifférente, au pire lui faire cruellement ressentir sa condition de femme seule et de veuve.

Ce soir-là, après le dîner, nous nous sommes

attardées devant un verre de cette liqueur de genièvre dont elle s'est fait une spécialité. En faisant rouler son verre entre ses mains, elle m'a reproché, avec un sourire indulgent, d'être avare de confidences. J'ai feint la surprise :

— Que te dire ? Veux-tu que je te parle de mon école du Pont-Cardinal, de mes élèves, de mes collègues, de mes rapports avec l'administration ?

— De toi, plutôt. Je n'arrive pas à t'imaginer dans cette grande ville, seule, sans un ami...

— Des amis, j'en ai beaucoup. Quelques amoureux, mais rien de bien sérieux, du moins pour le moment. J'ai pris une décision que tu connais et que tu réprouves : renoncer au mariage. Je me refuse à aliéner mon bien le plus cher : ma liberté. Je rencontre des copains plusieurs soirs par semaine, au Café de Paris, avant ou après le cinéma. On discute, on fume, on se bécote un peu. Ça ne va pas plus loin, ou rarement.

Je ne lui ai jamais rien caché, en revanche, de mon aventure avec Fabien Thibaud, ce mutilé de guerre amputé d'un bras, rencontré durant mon temps d'école normale. Elle m'a demandé ce qu'il était devenu.

— Marié, Cécile, et mal, à ce qu'il m'a dit. Nous nous revoyons parfois, lors de mes jours de congé, à Limoges où il réside, ou à Brive, dans mon logement de fonction, ce qui nous impose de prendre des précautions. Il m'emmène dans son Hispano déjeuner dans une auberge des environs. Parfois nous louons une chambre, d'autres fois nous faisons l'amour dans sa voiture, à la campagne. C'est le seul homme que j'aie aimé au point que j'aurais pu accepter de l'épouser. Mais, comme il ne me l'a jamais proposé...

Après une promenade en compagnie de Petit-Pierre jusqu'au moulin de la Gane et le souper aux châtaignes blanchies qui a suivi, j'ai accepté la proposition de Cécile de coucher dans sa chambre, plutôt que dans ma mansarde dépourvue de chauffage et où il fait un froid sibérien. Nous avons dormi dans le même lit, avec Pierrot entre nous et Fanfan allongé au fond, pour nous tenir les pieds au chaud, comme une famille de primitifs.

2

Une femme, un soir...

Cécile attendait l'homme qui allait redonner un sens à sa vie ; c'est une femme qui se présenta.

Quelques jours après le début de mon congé de convalescence, alors que, sa classe terminée, elle regagnait les Bories-Hautes, Cécile distingua, après avoir poussé le *clédou*, une silhouette qui semblait se dissimuler derrière un bouquet de houx, dans le petit sentier qui monte vers notre vigne. Elle se dit qu'il devait s'agir d'un de ces vagabonds, parfois des soldats paumés lâchés sur les routes après leur démobilisation, à la recherche d'un havre propre à refaire une vie brisée.

Son premier réflexe fut de siffler Fanfan pour la défendre contre une éventuelle agression. Elle y renonça en constatant qu'il s'agissait d'une femme. À demi rassurée, elle attendit qu'elle sortît de la pénombre qui la dissimulait et s'avançât vers elle.

Elle pensa qu'il devait s'agir d'une mendigote. Vêtue comme une paysanne, elle portait un balluchon sur son épaule et des sacs étaient posés à ses pieds. Immobile comme une stèle, elle paraissait attendre un geste de Cécile.

— Il y a une femme dehors, me dit-elle.

— Une femme ? Elle t'a dit ce qu'elle voulait ?

— Rien. Pas un mot. Elle m'a regardée, et j'ai fait comme si elle ne s'était arrêtée que pour se reposer.

— Tu aurais pu lui dire...

Elle a répliqué avec un brin de nervosité :

— Je sais ! J'aurais dû lui souhaiter le bonsoir, l'inviter à souper, à coucher peut-être. Et quoi encore ? Je suis fatiguée, Malvina, fatiguée, tu comprends ? Alors, faire la conversation à une inconnue, sûrement une trimardeuse, merci bien !

J'avais mis le couvert et m'apprêtais à servir la soupe quand on a frappé à la porte. Je me doutais bien qui pouvait se trouver derrière, et Cécile de même. Elle a fait claquer ses mains sur la table en levant les yeux au plafond en signe d'irritation, avant de faire signe à Petit-Pierre d'aller ouvrir.

Quand j'ai vu s'encadrer dans la porte cette grande femme au visage tanné par la fatigue, chargée de sacs et de paquets mal ficelés, j'ai eu un mouvement de surprise. Elle avait l'allure d'une paysanne plus que d'une maraudeuse, mais avec, dans son regard, l'expression d'une profonde détresse. Déroutée, je me suis tournée vers Cécile qui frottait ses pieds nus devant le feu, pour attendre d'elle une réaction.

Je fis taire le chien qui aboyait et reniflait les jupes de l'intruse en montrant ses crocs. Cécile remit ses chaussettes, ses socques et se leva pour s'avancer lentement vers la femme pour lui demander ce qu'elle voulait et qui elle cherchait.

— Qui je cherche ? répondit la femme. C'est vous, je crois. Vous êtes bien Cécile Delpeuch, la femme de Pierre ?

Elle ajouta, tournée vers moi :

— Et vous, si je me trompe pas, vous êtes Malvina.

Interloquées, Cécile et moi avons échangé un regard avant de répondre par l'affirmative, d'une seule voix. La femme caressa les cheveux de Petit-Pierre en disant qu'elle avait aussi entendu parler de lui. Cécile ajouta :

— *Finissez d'entrer,* comme on dit chez nous. Dites-nous qui vous êtes et ce que nous pouvons faire pour vous.

La femme s'avança, rangea son bagage contre le mur de la *bassière* et, sans y être invitée, se laissa tomber sur un banc, un coude sur la table.

— Mon nom, dit-elle, c'est Sylvaine Morillon, mais il vous dira sans doute rien. Je suis pas d'ici, vous l'aurez compris à mon accent. Si je suis venue jusqu'à vous, c'est pour parler.

— Parler ? dit Cécile. Et de quoi ? Vous faites comme si vous nous connaissiez, mais rien ne dit que vous ne vous êtes pas informée au village sur notre famille.

La femme sourit avant de répondre :

— Méfiante, hein ? Au fond, je peux pas vous donner tort. On voit de tout monde sur les routes, mais rassurez-vous, je n'ai que de bonnes intentions à votre égard.

Elle ajouta après un large regard autour d'elle :

— C'est de Pierre, votre mari, que je veux vous parler...

Durant ce bref échange, j'avais observé le comportement de Cécile : elle semblait désemparée, tantôt sur le point de jeter dehors cette importune, tantôt prête à lui proposer le souper et un lit pour la nuit. Elle s'assit en face d'elle et me lança :

— Malvina, tu mettras un couvert de plus et tu prépareras la chambre du fond. Tu sais où sont les draps. Laisse la porte ouverte pour la chaleur.

Elle ajouta à l'intention de la visiteuse :

— Il y a assez de soupe pour quatre. Avec un reste du civet de midi et des noix, ça vous ira ?

— Merci, madame Delpeuch. J'en espérais pas tant.

— Vous devez avoir faim et être flapie. Ça fait une trotte, à pied, depuis la gare.

La femme partit d'un rire aigrelet avant de répliquer :

— La gare... Le train... Si vous croyez que j'avais de quoi me payer ce voyage depuis mon village de Lorraine ! Vous voyez mon balluchon ? C'est pas celui d'un voyageur de commerce et encore moins d'un ministre. C'est tout mon bien avec le peu de monnaie qui me reste.

— Vous n'allez pas nous faire croire, dit Cécile, que vous venez à pied de la Lorraine !

— C'est pourtant la vérité. De la Lorraine, avec mes sabots, comme dans la chanson. Faut dire que, pour marcher, je suis imbattable, mais j'avoue que là, ce soir, j'en ai plein les pattes. Si vous avez un lit à m'offrir, Dieu vous bénisse ! mais je pourrais me contenter de coucher dans la grange. Depuis que j'ai pris la route, j'en ai l'habitude. Il fait froid dans la paille mais on y dort bien.

Cécile me fit signe de servir la soupe. Elle n'avait pas avalé trois cuillerées qu'elle suspendit son geste, comme prise d'une inspiration subite.

— Tout ça ne me dit pas, madame Morillon, pourquoi vous avez fait à pied tout ce chemin. Pour me parler de mon mari, vraiment ? Vous l'avez donc bien connu ?

La femme hocha la tête et porta son regard sur Petit-Pierre. Cécile n'insista pas et attendit de lui avoir cassé une dernière noix pour l'envoyer au lit. Comme fasciné par cette présence insolite, il protesta. Cécile dut le menacer de la main pour qu'il finisse par céder. Au retour, elle reprit sa place et, à petits gestes nerveux, brisa au maillet quelques coquilles et remplit nos verres.

— Ainsi donc, madame, vous avez bien connu mon mari. Je vous écoute.

— Faut vous dire, Cécile (permettez que je vous appelle par votre prénom), que j'ai perdu mon mari en dix-sept, au Chemin des Dames, au cours de l'offensive française du général Maistre. Par chance, nous n'avons pas eu d'enfant, mais le malheur, pour la veuve que je suis, est que notre ferme, quelques semaines avant l'armistice, s'est trouvée à peu de distance des premières lignes, et que ça chauffait. Pour le feu d'artifice, je vous dis pas !

— Et vous êtes restée ? ai-je demandé. Il n'y a pas eu d'ordre d'évacuation ?

— Si bien ! J'aurais pas dû être là, mais j'y étais, et, comme personne n'est venu me dire de vider les lieux, j'y suis restée. D'ailleurs, j'aurais refusé. Abandonner le peu de bêtes qui me restait, jamais ! Vous, Malvina, qui avez aidé votre famille à la ferme, vous comprenez ce que je veux dire ?

Du village voisin, les bombardements avaient fait une ruine avec, en son milieu, l'église éventrée, prise, abandonnée, reprise par les bleus et les *feld-*

grau. Elle n'avait eu, quant à elle, que des dégâts sans commune mesure avec les fermes des environs, ce qui lui avait permis de survivre, grâce aux réserves qu'elle abritait dans ses caves et qui avaient échappé à la convoitise des soldats, au lait que lui donnait le peu qui restait de son troupeau, et à ce que les pillards lui laissaient de sa basse-cour.

Elle nous dit d'une voix chargée d'amertume :

— Vous vous plaignez de la guerre, et je vous comprends, mais que dire d'une femme seule, accrochée à sa ferme dévastée, pillée, avec des vaches en train de pourrir dans le pré, des éclats d'obus dans le ventre ! Et le risque d'être tuée par une balle perdue, violée peut-être. L'enfer, je vous dis !

— J'imagine..., soupira Cécile.

— Imaginer ? Non, vous pouvez pas. Les derniers combats pour reprendre les ruines du village ont été terribles. J'aurais presque pu y assister de mon grenier.

— Tout ça ne me dit pas, ajouta Cécile, dans quelles circonstances vous avez connu mon mari.

— J'y arrive. Pierre est passé par chez moi pour une opération de ravitaillement, parce que les convois n'arrivaient plus jusqu'à la ligne de feu et qu'il fallait bien qu'ils se débrouillent... Il était accompagné de quelques camarades, les seuls rescapés de sa compagnie. Il souffrait d'un éclat de *shrapnell* logé au-dessus d'un rein et avait du mal à se traîner. Il m'a demandé de le soigner. Vous pensez bien que je pouvais pas refuser. Alors j'ai fait de mon mieux. Quand il a voulu repartir, il est tombé dans les pommes. Lui et ses copains étaient restés trois jours et trois nuits sans dormir et presque sans nourriture, mais lui, en plus, avait perdu beaucoup de sang. Il arrêtait pas de dire que c'était un miracle que lui et ses camarades soient encore en vie. Je veux bien le croire...

Sans nouvelles de leur compagnie, sans chefs, abandonnés, ces soldats perdus étaient restés une semaine dans la ferme. Le front s'étant déplacé vers l'est, les combats ne se signalaient que par des grondements et des éclairs d'orage dans le lointain.

La femme vida son verre de vin et le remplit, avant d'ajouter d'une voix que l'émotion rendait rauque :

— Une semaine, Cécile... Ces hommes sont restés chez moi une semaine, sans que j'aie le cœur de les renvoyer à leur tranchée. Pierre s'est vite rétabli. Il était solide et voulait retourner se battre, mais il n'aurait pas tenu le coup bien longtemps. Alors... comment vous dire ? Un soir, il m'a demandé de le rejoindre dans son lit. J'ai pas résisté. Faut me pardonner. Une femme seule, vous comprenez, avec cet homme qui souffrait. On est pas toujours maître de ses sentiments. Il vous aimait, Cécile. Il me parlait de vous comme d'une sainte, avec des mots qui me tiraient les larmes.

Pendant que Sylvaine dévidait son récit, je surveillais Cécile du coin de l'œil. Elle brisait entre ses doigts, nerveusement, des coquilles de noix éparses sur la table, les traits crispés, sans un regard pour cette femme qui lui avait volé son mari et qui, peut-être, ne le lui aurait pas rendu. Je sentais monter en elle une colère qui ne tarda pas à éclater. Elle écarta d'un geste vif les coquilles brisées et lança d'une voix âpre :

— Vous avez fait tout ce chemin pour m'apprendre que vous avez été la maîtresse de mon mari ? Vous auriez pu vous épargner cette peine et m'éviter à moi cette confidence. C'est une démarche... indécente !

— Ne vous fâchez pas. Pierre m'a tant parlé de vous que j'ai eu envie de vous rencontrer. Nous avons un bien en commun, Cécile : l'amour de Pierre. J'aurais aimé en partager le souvenir avec vous.

— Eh bien moi, madame, je ne partage pas !

Sylvaine soupira :

— Eh bien, soit... Je sais ce qui me reste à faire.

Elle se leva lourdement après avoir vidé son verre, reprit son bagage de misère, ouvrit la porte et nous dit sans se retourner, avant de s'enfoncer dans la nuit :

— Merci pour le repas, et bonne nuit à vous deux...

La porte venait tout juste de se refermer dans les aboiements de Fanfan quand Cécile me dit :

— Je crois que j'ai mal interprété la démarche de cette pauvre femme. Tâche de la rattraper et de la ramener.

Je courus après Sylvaine et n'eus aucun mal à la convaincre de rebrousser chemin.

— Je comprends votre belle-sœur, me dit-elle. Peut-être que j'aurais eu la même réaction.

Elle retrouva sa place à table. Après un lourd silence, Cécile lui dit d'une voix presque joviale :

— Je m'en serais voulu de vous laisser partir en pleine nuit, avec ce temps de chien. Et pour dormir où ? Il n'y a pas d'auberge à Saint-Roch. Faisons la paix, voulez-vous ? et pardonnez-moi d'avoir réagi avec une telle vivacité.

— C'est à moi de m'excuser pour ma maladresse. J'aurais mieux fait de rester chez moi. Au lieu de ça, je suis là et j'ajoute à votre peine. Mon mari me reprochait souvent d'agir avant de réfléchir, mais on se refait pas, *vous me comprenez ?*

J'observai que Sylvaine employait volontiers cette expression, comme pour s'exonérer d'une maladresse. Tandis que Cécile sortait du buffet sa bouteille de genièvre, j'aidai notre visiteuse à se déchausser. Les semelles des bottes allemandes qu'elle avait dû voler à un soldat mort étaient dans un tel état qu'elles n'auraient pu affronter le chemin du retour. Entourés de chaussettes pourries et puantes, ses pieds étaient meurtris et couverts de croûtes sanguinolentes. Je les lui lavai dans une cuvette, les enduisis d'une pommade et les pansai de mon mieux. Elle me remercia en m'embrassant.

— Nous reprendrons cette histoire demain, dit Cécile. Le mieux que vous ayez à faire est de vous coucher. Malvina va préparer votre lit, mais, avant, vous allez goûter mon genièvre de l'an dernier. J'en préparerai d'autre après les premières gelées. Vous m'aiderez. Si vous fumez, nous allons nous en rouler une...

J'ai été longue à comprendre et à accorder quelque crédit à l'étrange connivence qui, après la foucade qui avait marqué leur rencontre, s'était établie entre ces deux femmes, prélude à une solide amitié. En matière d'affinités, deux évidences s'imposaient : être veuves et avoir aimé le même homme, mon frère Pierre. Dans le domaine du sentiment, ce qui semble braver la logique ordinaire peut n'être qu'une simple dérive. Elles avaient un autre point commun, mais en déséquilibre : le travail de la terre. La véritable paysanne, c'était Sylvaine ; Cécile, elle, ne retroussait ses manches que poussée par la nécessité, et avec des connaissances empiriques.

Peu de temps après son installation aux Bories-Hautes pour une durée indéterminée, je surpris Sylvaine occupée à semer des graines de balsamines et de roses trémières, après avoir bêché le sol caillouteux tout au long de la façade.

— Le printemps venu, me dit-elle, ça fera joli et ça cachera ce mur qui, lui, ne l'est pas. Tu comprends ?

Le lendemain de la rencontre, sur le coup de midi, lorsque Cécile remonta aux Bories-Hautes, accompagnée de Petit-Pierre, elle constata avec plaisir que la table était mise, la marmite de soupe fumante trônant au milieu. Sylvaine était assise sur un banc du *cantou*, le museau de Fanfan sur ses genoux, une cigarette aux lèvres. J'avais renouvelé son pansement et arraché un ongle qui s'était à moitié détaché du gros orteil.

Lorsque je lui rendis compte de l'état de ses blessures et de mes soins, Cécile dit d'un air grave :

— Demain, Malvina vous conduira à Meyssac. Il faut que le docteur Amiot soigne vos plaies, sinon vous risqueriez une infection.

— Ne vous donnez pas cette peine ! C'est pas la première fois que je me blesse et que je me soigne avec les moyens du bord. Quelques jours de repos et je pourrai reprendre la route.

— Ri-di-cule ! protestai-je. Vous ne feriez pas dix kilomètres et vous finiriez à l'hôpital.

— Petit-Pierre ! s'écria Cécile, va chercher une bouteille à la cave.

Nous avons tous mangé de bon appétit, et dans une ambiance sereine. Sylvaine nous conta quelques péripéties de son odyssée à travers un pays encore bouleversé par la guerre et qui ne se remettait qu'avec peine de ses épreuves. Elle avait tantôt trouvé des âmes charitables et tantôt essuyé des accueils hargneux, ceux que l'on réserve dans les campagnes à ces nomades qu'on appelle chez nous des *baraquins* : des bohémiens.

— Si je savais écrire, dit-elle joyeusement, je pourrais en faire un livre !

Après la soupe, nous avons fait *chabrol*, comme à chaque repas. Sylvaine avait paru surprise.

— Essayez donc, lui dit Cécile. Vous laissez un peu de bouillon au fond de votre assiette calotte et vous y versez la moitié d'un verre de vin. On dit dans le pays qu'un *chabrol* c'est un écu de moins qu'on donne au médecin. Je ne garantis pas le remède. En tout cas, il nous réussit.

— Ce pinard, dit Sylvaine, il vient de votre vigne ?

— Plus de vigne ! s'écria Petit-Pierre. Plus de vin !

— Celui-ci, précisa Cécile, vient des Corbières. Un marchand ambulant nous le livre à domicile. Je le préfère à celui d'Algérie, trop lourd pour nous.

— Je suppose que le blé qui a servi à faire ce pain ne vient pas de vos champs ?

— Il est possible qu'il nous vienne d'Amérique. C'est du moins ce que j'ai lu dans *La Dépêche*, mais je peux vous garantir que nos noix, nos châtaignes et nos légumes viennent de notre ferme. Quant à la viande, excepté celle de notre basse-cour et de notre porc, elle se fait rare et le peu qui arrive sur le marché vient d'Argentine. On dit qu'à Paris les boucheries restent fermées plusieurs jours par semaine.

Sylvaine nous expliqua que cette pénurie pouvait s'expliquer en partie par le fait que la plupart des terres fertiles de douze départements du Nord avaient été transformées en champs de bataille. Elle a soupiré :

— Toutes ces terres qu'on aura du mal à remettre en culture, avec un risque : les obus enterrés qui éclatent sous la bêche ou le soc. Quelle pitié ! On compte déjà des morts et des blessés, comme si la guerre n'était pas finie... Ça aussi, vous y avez échappé.

Nous avons occupé le temps qui restait, avant la rentrée des classes, à écouter Sylvaine nous raconter les derniers jours qu'elle avait passés dans son petit domaine avant de prendre la route pour la Corrèze.

Elle paraissait attacher un intérêt particulier à un des soldats qu'elle avait recueillis en même temps que Pierre : Auxence Memling, fils d'industriels lorrains.

— Auxence ? dit Cécile. Drôle de prénom.

— C'est, à ce qu'il m'a dit, le nom d'un évêque de l'ancien temps. Moi, je le trouve joli et original et il lui va très bien. Si vous l'aviez connu... Un visage délicat, avec de petites moustaches, un nez retroussé et des manières de grand bourgeois. Pierre s'en était fait un ami et l'avait pris sous son aile, parce que ce pauvre Auxence, faut le dire, n'était pas un héros. Il avait peur de son ombre. Fallait que le lieutenant le menace avec son pistolet au moment de monter à l'assaut. On devinait qu'il était plus à l'aise dans un salon de Longwy que dans une tranchée, avec des poilus qui se foutaient de lui ou le méprisaient. Pierre, non. Il le défendait et le protégeait. Ça faisait rigoler les autres. Ils se disaient entre eux que Pierre et Auxence... vous me comprenez. Je sais, moi, qu'ils étaient tout bonnement devenus amis.

De ses rapports avec Auxence Memling, Sylvaine ne nous dit que peu de chose : elle aussi l'avait protégé, après le départ de Pierre et de ses camarades disparus dans la fournaise au cours des derniers combats livrés, de part et d'autre, avec l'énergie du désespoir. Elle leur avait dit que Memling, souffrant d'une forte fièvre, ne pouvait les suivre. Elle l'avait abrité dans sa cave, avait veillé sur lui et l'avait sauvé, peu de temps avant l'armistice.

— Il faut que je vous dise..., ajouta Sylvaine. Les gars étaient là depuis trois ou quatre jours quand ils ont vu arriver un groupe d'Allemands aussi paumés qu'eux et affamés. Ils les ont mis en joue, mais Pierre leur a interdit de tirer, disant qu'au point où on en était, à peu de temps, semblait-il, de la fin des combats, cette tuerie n'aurait pas changé les choses. Alors que j'aurais eu plaisir à leur botter le cul, je leur ai fait manger mon pain, mais enfin... je suis comme ça... on se refait pas, vous comprenez ? Finalement, nos poilus et les Boches ont partagé la boustifaille, fraternisé et même, un soir où ils avaient leur pompon, ils ont chanté et dansé au son d'un harmonica. J'en avais les larmes aux yeux. Si j'avais pu leur donner un peu plus de bonheur en payant de ma personne, je l'aurais fait. Mais il y avait Pierre et Auxence...

Nous parvenions mal à comprendre comment cette minuscule enclave de paix et de relative abondance n'avait pas été balayée par l'ouragan de feu qui s'était abattu sur la région.

— Ça, nous dit-elle, j'y comprends rien moi-même. Ça semble tenir du miracle, mais c'est comme je vous l'ai dit. Écoutez et regardez...

Sur la fin du repas, elle nous fit, à même la table, une représentation des lieux et nous donna une leçon de stratégie élémentaire.

— Ces fourchettes, imaginez que ce soit la tranchée des poilus et ces cuillères, en face, celle des Boches. Cette tranche de pain, c'est ma forêt. Si je verse un peu d'eau, imaginez que c'est le ruisseau qui sépare ma propriété. Cette coquille de noix représente ma maison. Vous voyez : ils étaient pas loin les uns des autres et pouvaient presque se canarder à bout portant. Ils ont commencé à fraterniser le jour où une grosse marmite est tombée entre les deux tranchées, sans exploser. Après avoir brandi le drapeau blanc, ils s'y sont mis à plusieurs pour l'extraire, sinon ça aurait fait des dégâts. Avant de se séparer ils ont trinqué avec mon pinard. Le soir, les Boches arrivaient, souriants, les mains en l'air. Ils ont redemandé du vin, comme à l'auberge, sauf qu'ils ont consommé gratis !

— Sylvaine, dit Cécile, tu as le cœur généreux.

— Bah... je suis comme je suis, ni bonne ni mauvaise. J'ai mon caractère, pas toujours facile. Quand j'ai des choses à dire, je les dis.

Petit-Pierre laissa tomber ses mains sur la table en s'écriant :

— C'est rigolo, ton truc. Il manque les avions et les chars. Boum ! boum !

— Et par la suite, dis-je, que sont devenus vos pensionnaires ?

— Dieu seul le sait, Malvina. Avant de partir chacun de son côté, ils se sont serré la main. Il y en a qui pleuraient. Pour un peu, ils se seraient embrassés et se seraient donné leur adresse pour s'écrire ou se rendre visite. Après ? Eh bien, après, la bataille a repris pire qu'avant. Tout tremblait dans la maison, comme sur un volcan. J'ai passé trois jours et trois nuits dans la cave avec Auxence.

Quand nous en sommes sortis, je reconnaissais plus le paysage. Si vous aviez vu ma forêt... Quelques arbres encore debout et le reste, juste de quoi faire des fagots et du bois pour la cuisinière. Un obus avait fait éclater ma grange, tué les deux vaches et le cochon qui me restaient, fait un cimetière de la basse-cour...

— Auxence, dit Cécile, qu'est-ce qu'il est devenu ?

— Il était pas fier, ça je peux vous le dire ! Il s'accusait d'avoir été un lâche, un déserteur ! Lorsqu'il a repris son barda pour foutre le camp et tâcher de rejoindre son unité, j'ai voulu le retenir, mais, basta ! Il aurait fallu que je l'assomme et que je lui attache les bras et les jambes. Avant de partir il a pleuré sur mon épaule, m'a juré qu'il n'oublierait jamais ce que j'avais fait pour lui, et patati et patata. S'il est encore vivant, il a dû m'oublier. Bah... après tout, quelle importance. J'ai fait ce que j'avais à faire, un point, c'est tout.

D'un revers de manche, elle balaya une larme sur sa joue, se moucha et lança d'un ton jovial :

— Les filles, faut pas se laisser abattre !

Elle prit la tranche de pain qui avait fait office de forêt, la tartina de ce fromage frais qu'on appelle chez nous du *cailladou,* la mâchonna lentement, comme en se forçant, et la laissa tomber sur la table.

— Assez bouffé, nom de Dieu ! Plus faim... Je crois que je vais...

Elle se leva brusquement, se précipita dehors pour aller vomir contre le puits.

— Cette pauvre femme, me dit Cécile, est à plaindre. Je l'avais mal jugée. Elle est malade de tous ses souvenirs et habitée par le malheur. Elle aura du mal à se remettre de ses épreuves.

— Que va-t-elle faire, à ton avis ? Retourner en Lorraine, reprendre son travail de fermière, seule ? Ce serait un nouveau défi, mais elle ne pourra jamais l'assumer. Si elle restait, elle pourrait t'aider. Elle a de l'énergie comme quatre.

Cécile parut gênée. Elle me répondit, en triturant une boule de mie :

— Qu'elle reste, pourquoi pas ? C'est à elle de décider.

Sylvaine nous lança joyeusement, en reprenant place à table :

— Ça va mieux, les filles ! Cécile, je boirais bien un petit coup d'eau-de-vie, ce que tu appelles la *gnôle* et moi le *schnaps*. J'aime bien votre liqueur de genièvre, mais elle est trop sucrée. C'est bon pour les dames !

Lorsque je suis revenue aux Bories-Hautes, le dimanche qui a suivi la fin de ma convalescence, j'ai constaté que la pensionnaire de ma belle-sœur était toujours là et qu'elle avait, comme on dit, repris du poil de la bête.

C'est ce qu'on appelle chez nous, familièrement et sans connotation péjorative, une *fière garce*. Bâtie comme une fermière de Courbet, avec un visage délicat, une chevelure blond-roux, un peu folle, un regard vif et profond, elle a, de paroles et de gestes, la rudesse d'une paysanne plus habituée au commerce des animaux qu'à celui des humains.

Elle me dit un jour, alors que nous buvions une bière chez la Jeanne, en fumant une cigarette :

— Malvina, faut que je te dise : ta belle-sœur

m'impressionne, et pas seulement parce qu'elle est dans l'enseignement. Elle emploie, des fois, des expressions que j'ai du mal à comprendre et que j'ose pas lui faire répéter. Surtout, je la trouve un peu... un peu...

Elle redressa son buste, prit un air abrupt.

— Tu veux dire sévère, austère ?

— Tout juste ! J'ai l'impression, quand je l'écoute me parler, qu'elle me fait la leçon.

— Ce n'est qu'une impression. Cécile est une bonne nature. Je peux même te dire que ses ressentiments envers toi sont oubliés et qu'elle apprécie beaucoup ta présence et l'aide que tu lui apportes.

— De même pour moi, mais je voudrais pas qu'elle s'imagine que je compte m'installer à demeure et vivre à ses crochets. Plus je la vois, plus je l'entends, et plus je regrette de pas avoir d'instruction. L'école ? j'y ai jamais mis les pieds. Mes vieux s'en foutaient et refusaient surtout que j'apprenne à écrire et à parler allemand.

Je la rassurai de mon mieux.

— Ça ne doit pas t'affliger, Sylvaine. Dans notre commune il y a encore des femmes de ton âge, ou plus vieilles, qui ne savent ni lire ni écrire, et qui ne parlent que la langue du pays, qu'on appelle à tort le *patois*. Tu es loin d'être sotte. Si tu voulais, tu apprendrais vite et, avec Cécile, c'est le cas de le dire, tu serais à bonne école.

— Je voudrais bien, Malvina. Tu crois qu'elle accepterait ?

— Sans aucun doute, d'autant qu'elle a, depuis l'armistice, un projet qui lui tient au cœur : des cours du soir pour les adultes, surtout pour les femmes, parce que les hommes, tu le sais, sont rares dans notre commune. Tu y aurais ta place.

Elle a pris ma main, l'a portée à ses lèvres et a murmuré :

— Malvina, ma chérie, toi et Cécile, je vous aime...

Un matin du début de décembre, en sortant de la chambre qu'elle partageait avec Pierrot et Fanfan, Cécile eut un mouvement de surprise en voyant Sylvaine en train de boire son café, les deux coudes sur la table, son bagage à ses pieds.

— Que se passe-t-il, dit-elle. Tu veux nous quitter ?

Sylvaine acheva son bol de café avant de répondre d'une voix calme :

— Ça fait plusieurs jours que j'y pense, et cette nuit j'en ai pas fermé l'œil. Alors, oui, j'ai décidé de partir. Comprends-moi : j'ai trop abusé de ton hospitalité et j'ai l'impression, à certains moments, que ma présence t'importune, que tu imagines Pierre à travers moi. Je voulais simplement te rencontrer, parler avec toi. Ce que je me devais de faire, je l'ai fait, et ce que j'avais à te dire, je te l'ai dit, comme à confesse. J'ai plus rien à faire ici.

— Tu n'y penses pas sérieusement ! s'écria Cécile. Seule, sans moyens, tu ne parviendras jamais à restaurer ta ferme et à rendre ton domaine rentable, avec tous ces obus qui n'ont pas éclaté.

— Et pourquoi pas ? Je pourrais me marier, faire déminer mes terres petit à petit, acheter à crédit une vache ou deux, de la volaille...

— Je crains que tu ne te fasses des illusions, comme la Perrette de La Fontaine ! *Adieu, veau, vache, cochon, couvée...* Les choses ne sont pas aussi simples que tu le crois. D'abord, tu risques d'attendre longtemps avant de trouver l'homme qui te convienne. Quant aux secours, je crains qu'ils ne demeurent à l'état de promesse. Réfléchis, je t'en conjure.

— Je pourrais chercher du travail en ville, près de chez moi, je pourrais...

— Du travail en ville ? Mais tu es une paysanne, Sylvaine ! Tu ne tarderais pas à regretter ta ferme, tes vaches, ta basse-cour. J'ai réfléchi moi aussi, figure-toi. Pourquoi ne resterais-tu pas ? Nous avons nous aussi un domaine à exploiter. Il faudrait peu de chose pour le rendre productif. À nous deux nous pourrions en tirer un beau revenu.

— Et cet écriteau, sur la palissade ?

— Il ne tient qu'à toi qu'il disparaisse. D'ailleurs je l'ai placé là sur un coup de tête. Si un acheteur se présentait, je refuserais de vendre. Ce serait trahir Pierre et priver notre fils de son héritage. Il semble déjà s'intéresser à la terre et aux animaux. Alors il se peut qu'un jour, plus tard, il me reproche d'avoir bradé son bien...

Ah ! Cécile, toujours agitée par des mouvements d'humeur contradictoires... Je n'avais pas oublié ce qu'elle m'avait dit de sa répulsion à habiter cette *grande baraque* où le souvenir de Pierre l'obsédait au point de la réveiller la nuit en sursaut. Il est vrai que Sylvaine, par sa seule présence, sa verve un peu vulgaire, sa bonne humeur, avait dissipé en partie ces fantasmes.

Sylvaine garda le silence puis repoussa son bol avant d'aller le laver dans la *bassière*, en marchant d'une allure pesante qui ne lui était pas coutumière. Elle dit en se rasseyant :

— Ton café. Il est encore chaud.

Elle lui beurra une tartine et la lui tendit.

— Faut que je réfléchisse encore, dit-elle. Partir... rester... Ta proposition me prend de court. Tu auras ma réponse, mais pas avant ce soir.

Il suffit à Sylvaine de quelques heures pour prendre sa décision : le temps de parcourir la propriété, de mesurer d'un œil expert les possibilités de production, d'évaluer l'ampleur de la tâche qui l'attendait, d'apprécier la qualité de l'outillage, rudimentaire mais en bon état et en ordre, que Hugo Brenner, le prisonnier de la Maïré, avait rangé avant de lever le pied.

Lorsque Cécile revint de l'école du bourg, Sylvaine l'attendait sur le seuil, bras croisés, visage grave.

— J'ai peut-être tort, dit-elle, mais j'ai décidé de rester. Tu me mets sur les bras un travail qui rebuterait un nègre, mais j'ai rien à perdre. Alors, *patronne,* je vais retrousser mes manches. Si tu peux me donner un petit coup de main de temps en temps, eh bien, ça sera pas de refus.

Cécile lui sauta au cou.

— Viens ! s'écria-t-elle. On va fêter ça !

Elle se précipita à la cave, en remonta une des bouteilles de bordeaux que la Maïré avait achetées pour la noce, à quelques jours de la fin de la première permission de Pierre.

— Du fameux, Sylvaine ! tu m'en diras des nouvelles. On en gardera un fond pour Malvina que j'irai demain attendre à la gare.

Ces gueuses... Ce reste de bordeaux grand cru, je n'en ai jamais vu la couleur. Un peu éméchée après avoir bu un dernier verre, Sylvaine dit à Cécile :

— Faut que je te fasse un cadeau, ma chérie. J'ai longtemps hésité, de peur de te faire de la peine, mais c'est le moment.

Elle fouilla dans ses affaires, en retira une photo qu'elle tendit à Cécile en lui disant :

— Pierre... Tu le reconnaîtras facilement malgré la barbe. C'est celui qui fume la pipe, les bras croisés. Le petit, à côté de lui, c'est Auxence. Je la lui ai volée avant son départ, alors qu'il avait peut-être l'intention de te l'envoyer.

— Tu as bien fait de m'apporter cette photo. Pierre m'écrivait rarement. Avec les lettres que j'ai reçues de lui, il n'y avait pas de quoi faire un roman. Des banalités, des histoires de cadavres et de rats... Il ne m'écrivait que pour me raconter ça. Quant à ses permissions, j'ignore s'il en avait et s'il en profitait, du moins dans les derniers temps de la guerre.

— Il te disait qu'il t'aimait, non ?

— Une seule fois, un jour où il devait avoir du vague à l'âme. Il n'était pas plus causant dans ses lettres que dans la vie courante, retenu, je pense, par une sorte de pudeur.

— Cette photo, dit Sylvaine, nous allons l'encadrer.

J'étais absente de la commune le jour où un drame l'endeuilla. J'en ai recueilli les détails de la bouche de Cécile et de Sylvaine, qui en furent à la fois les protagonistes et les témoins.

Un soir, alors que Cécile aidait Pierrot à faire ses devoirs et que Sylvaine préparait le souper, des appels retentirent sur le chemin de Saint-Roch, à l'adresse de Cécile :

— Maîtresse ! maîtresse ! venez vite. Ma mère...

Cécile ouvrit la porte, reçut à pleins bras une de ses élèves, la petite Jeanne, une des filles de la Jacotte, notre voisine des Bories-Hautes, et lui demanda les raisons de son désarroi.

Au moment de passer à table, la Jacotte avait disparu sans un mot. Aidée de ses quatre frères et sœurs, Jeanne l'avait appelée, cherchée dans toute la maison, dans le jardin et les cabinets du fond, sous la laurière, dans la maison de vigne et jusque dans le maïs. En vain. Jamais la mère ne s'était absentée aussi subitement et sans en donner les raisons.

— Jeanne, dit Cécile, cherche bien dans ta tête. Demande-toi où elle aurait pu aller. Chercher du pain, peut-être ?

— J'en sais rien, moi ! avait gémi l'adolescente. On l'a cherchée partout, je vous dis. Maîtresse, faut que vous nous aidiez à la retrouver.

— Nous te suivons, dit Cécile. Notre souper attendra.

Elles prirent deux lanternes et retrouvèrent, devant la ferme de la Jacotte, un groupe de voisines portant elles-mêmes des lanternes ou des brandons, et qui jacassaient sans savoir où diriger leurs recherches. Cécile proposa plusieurs pistes : le cimetière où on l'avait vue à l'enterrement du soldat Delmas, le moulin du vieux Bernède, son parent, le presbytère où elle allait parfois porter des œufs au curé...

— Sylvaine et moi, dit-elle, nous allons pousser jusqu'à la mare des Bouiges. Je crains qu'elle n'ait fait une bêtise.

De modestes dimensions mais profond, ce plan d'eau à usage d'abreuvoir et parfois de lavoir, un *gode*, comme on dit chez nous, se situait dans les travers de la colline des Ardaillasses, sur un glacis serti d'une vimière.

Il ne fallut que quelques minutes pour y accéder, en pataugeant dans les fondrières. Dans la clarté louche qui tombait du ciel voilé, l'eau immobile, grise et lourde comme du mercure, ne semblait pas avoir été troublée par une chute récente. Les femmes appelèrent la Jacotte ; aucune voix ne leur répondit.

Elles allaient s'en retourner quand Sylvaine, après avoir fait le tour de la mare, remarqua, à travers la joncaille, près d'une nacelle que les enfants utilisaient pour des jeux de pirates, une masse insolite.

— Je crois que je l'ai trouvée ! s'écria-t-elle. C'est sa jupe que je vois flotter et que je prenais pour des nénuphars. Aidez-moi ! Je vais tâcher de la repêcher.

Un des fils de la Jacotte, le petit Célestin, retrouva une des rames de la nacelle. Sylvaine la lui arracha des mains et, avant que Cécile ait pu la retenir, elle se laissa glisser dans l'eau jusqu'à la poitrine et, à l'aide de la perche, parvint à ramener le corps que Cécile et Célestin l'aidèrent à hisser sur la berge.

Alertée par les appels de son frère, Jeanne accourut et se pencha sur la noyée en gémissant :

— Pourquoi elle a fait ça ? Pourquoi ? Qu'est-ce qu'on lui a fait ?

Sylvaine posa son oreille contre la poitrine de la malheureuse et constata que le cœur battait encore. Les sauveteurs venaient de la retourner pour lui faire vomir l'eau qu'elle avait ingurgitée quand Sylvaine s'écria :

— Mais elle est enceinte, nom de Dieu ! C'est pas l'eau qu'elle a avalée qui a pu lui faire gonfler le ventre à ce point. Jeanne...

La petite confirma que sa mère était enceinte et que son terme était proche.

— Nous avons donc deux vies à sauver au lieu d'une, dit Cécile. Célestin, va chercher de l'aide et reviens avec de quoi la ramener.

Le garçon était de retour quelques minutes plus tard, poussant devant lui une brouette encroûtée de fumier sec, où on eut du mal à installer la désespérée. Elle n'était pas revenue à elle mais, Dieu merci, put prendre place dans cette ambulance improvisée. On la ramena à son domicile en se relayant, puis on la dévêtit pour lui frotter le corps à l'eau-de-vie.

— Je ne comprends pas les raisons qui ont pu la pousser à cette extrémité, soupira Cécile. Elle n'avait pas de problème grave, du moins à ma connaissance.

— La misère, peut-être, suggéra Sylvaine. Une femme seule avec cinq enfants et un autre dans le ventre, un mari disparu à la guerre, il y avait bien de quoi...

— J'en connais de plus malheureux qu'elle !

Elle touche les allocations et, avec ce qu'elle tire d'une propriété que ses gosses l'aident à travailler, elle ne pleure pas misère. Je crois qu'elle a agi sur un coup de folie. La Jacotte est une brave femme, mais elle n'a pas toute sa tête. Elle pique des colères pour rien et mène ses enfants à la fourche.

Lorsque la malheureuse, retrouvant ses esprits, parcourut son intérieur d'un regard vide, elle dut se dire que toute la commune était là, comme lors des obsèques de Delmas, et qu'elle avait, peut-être, elle aussi, passé l'arme à gauche.

Cécile éleva la voix pour demander à cette assemblée caquetante de se disperser pour ne pas indisposer la noyée. Il y eut des murmures de protestation que Sylvaine interrompit en s'écriant :

— Merci de votre visite, mesdames. Et maintenant, bonne nuit ! On vous donnera des nouvelles demain.

Emma Berthier, la directrice de l'école congréganiste Sainte-Thérèse, prit à part Sylvaine, qui grelottait dans ses vêtements humides, et lui dit :

— Vous allez vous déshabiller vous aussi, sinon vous risqueriez la bronchite, ou pire. Je vais vous aider. Placez-vous le plus près possible du feu.

En lui frottant le corps de ce qui restait d'eau-de-vie, elle lui dit :

— C'est vous qui avez tiré cette malheureuse de la mare, à ce que je viens d'apprendre. Vous avez fait preuve de courage et sauvé deux vies en même temps. Le bon Dieu se souviendra de cette bonne action.

— Le bon Dieu, marmonna Sylvaine, il aurait mieux fait de veiller à ce que cette pauvre femme n'ait pas de raison d'en venir là.

— Ne dites pas ça, madame ! Ses desseins sont impénétrables, on a dû vous l'apprendre au catéchisme.

Emma voulut en apprendre davantage. Sylvaine était-elle une parente des Delpeuch, une amie ? Comptait-elle séjourner longtemps à Saint-Roch ?

— Je suis une amie de Cécile, répondit Sylvaine, mais seulement de passage. Combien de temps je vais rester ? Ça, j'en sais rien. Un mois, un an, toujours ? Ça dépendra si je me plais ou non. Je suis une veuve de guerre. Alors, que je vive ici ou ailleurs, sans un homme, j'aurai l'impression de n'être jamais chez moi.

Elle ajouta avec un brin de rudesse :

— C'est pas de moi qu'il faut vous occuper, mais de cette pauvre femme. Elle s'agite comme si elle était sur le point d'accoucher. Le mieux qu'il vous reste à faire est de prévenir un médecin.

— Croyez-vous que celui de Meyssac, qui habite à des kilomètres, accepterait de se déplacer en pleine nuit ? Nous avons une sage-femme à deux pas d'ici, aux Paremantaux. Je vais envoyer Célestin la chercher. Quant à vous, ne bougez pas d'ici. Jeanne va vous prêter des vêtements secs...

Célestin disparut dans la nuit, une lanterne à une main, une canne dans l'autre, en direction de la demeure de Julia Vedrenne, une maison ancienne entourée d'une châtaigneraie. Il dit à la sage-femme :

— Ma mère, la Jacotte, elle a voulu se noyer.

— C'est bien triste, dit la femme, mais c'est le médecin de Meyssac que ça regarde. Les noyades, c'est pas mon rayon. Bonne nuit, petit.

Célestin insista :

— Mais elle est enceinte et elle va accoucher !

— Tu aurais pu le dire plus tôt ! Le temps de me couvrir et je te suis.

Une créature bizarre, Julia Vedrenne. Habile dans son travail mais d'un commerce exécrable avec la population et l'une des menettes les plus acharnées à défendre le nom du Seigneur et à faire respecter ses commandements. Un physique en accord avec son caractère : taillé à la serpe, une ombre de moustache et des sourcils de moujik.

En chemin, après s'être informée des conditions de cet accident, elle bougonna :

— Se suicider, et de plus avec un enfant dans le ventre ! Aux yeux de la religion c'est un double péché, et un double crime au regard de la loi. Je veux pas de mal à ta mère, petit, mais je souhaite qu'elle éprouve du remords jusqu'à la fin de sa vie.

Elle surgit chez la Jacotte avec la mine d'un bouledogue auquel on a retiré sa pâtée. Après avoir jeté sa cape sur une chaise, elle se tourna vers les quelques femmes qui restaient malgré l'injonction de Sylvaine, et leur jeta :

— Qu'est-ce que vous foutez là ? Dehors, toutes ! Vous vous croyez au cinéma ? Emma, tu vas rester pour m'aider. Toi aussi, Cécile.

Elle montra Sylvaine d'un revers de menton et lui lança :

— Toi, je te connais pas. Qu'est-ce que tu fiches, à demi nue dans le *cantou* ?

— C'est une amie, dit Cécile. C'est elle qui a sorti la Jacotte de la mare.

— Alors, tu peux rester toi aussi, mais te mêle pas de mes affaires.

La sage-femme se dirigea en retroussant ses manches vers le lit, écarta les draps, ausculta sa patiente, lui palpa le ventre et ronchonna :

— On m'a fait venir pour rien. C'est pas encore pour aujourd'hui. Si c'est pas malheureux... Vouloir se donner la mort avec un enfant dans son ventre, c'est la première fois que je vois ça. Enfin... l'enfant est vivant. C'est le principal.

Elle ajouta en rabattant ses manches :

— J'ai plus rien à faire ici. Rien ne presse, mais faut pas la laisser seule. Aux premières contractions, faites-moi prévenir. Et priez pour que ça se passe bien... Salut, la compagnie !

— Jeanne sera dispensée d'école pour quelques jours, dit Cécile. C'est une grande fille, et sérieuse. Sa mère sera en de bonnes mains.

Sur les raisons qui avaient poussé la Jacotte à cet acte qui aurait pu lui être fatal, nous nous sommes longtemps interrogées. Nous pensions en général en attribuer la cause à une sorte de dépression due à l'épuisement. Moi qui voyais souvent cette voisine, je m'étais dit qu'avec tous ses gosses, dont deux en bas âge, elle ne pourrait tenir le coup bien longtemps. Les épreuves qu'elle avait subies, et notamment l'annonce de la disparition de François, son mari, en juin seize, au cours des féroces batailles du Mort-Homme, lui avaient brouillé le caractère et fait d'elle une vieillarde. Avec cinq enfants, François aurait pu être versé dans la territoriale, mais, soit qu'il ait voulu échapper à la tyrannie de sa femme, soit qu'il ait été bouleversé par les clairons de Déroulède et de Maurras, il s'était porté volontaire pour la ligne de feu.

Il ne laissait pas son épouse dans le besoin. D'ailleurs la Jacotte, économe et courageuse, avait tenu à communiquer cette dernière qualité à ses enfants qu'elle faisait travailler entre les jours et les heures de classe, du moins ceux qui étaient en âge de la suppléer. Une fois par semaine, dans sa voiture à âne, elle se rendait au marché de Brive pour y écouler ses œufs, ses fromages, sa volaille et ses légumes. Elle en tirait, en plus de ses allocations, un revenu lui permettant de mettre de l'argent de côté pour permettre à Jeanne et à Célestin, qui comptaient parmi les meilleurs élèves de Cécile, de poursuivre leurs études pour faire honneur à la famille.

À quelques jours de là, la petite Jeanne, affolée, vint alerter Cécile : sa mère ressentait les contractions annonciatrices de la délivrance.

— Ce n'est pas moi qu'il fallait appeler, dit Cécile, mais la Julia.

Sylvaine protesta :

— Cette garce ne m'inspire pas confiance. C'est un accoucheur, un vrai, qu'il faut à ta mère. Par exemple votre médecin de Meyssac. Je peux descendre à la poste et l'appeler. Je suppose qu'il a le téléphone ?

— Il l'a, répondit Cécile. Je suis bien de ton avis. J'ai plus confiance en lui qu'en cette harpie de Julia. Il n'empêche : la moindre des politesses est de la prévenir. Dans l'état où est cette malheureuse, elle ne sera pas de trop. J'espère simplement qu'il n'y aura pas de heurts...

Lorsque le docteur Amiot arriva avec sa Peugeot, Julia Vedrenne occupait déjà la place, peu disposée, semblait-il, à un partage de compétences. Elle l'accueillit avec des sarcasmes :

— Tiens, voilà le médecin des chèvres... Salut, Amiot ! Qu'est-ce que tu viens foutre là, morticole ?

Amiot répondit en ouvrant sa sacoche :

— On m'a demandé de venir, madame Vedrenne, et me voici ! Si je vous gêne, j'en suis navré.

Lorsqu'il s'avança vers la malade pour constater son état, Julia s'interposa en lui disant que, dans l'état où elle était, cette malheureuse avait besoin des secours de Dieu plus que de ceux des hommes. Il l'écarta brutalement, comme il l'eût fait d'une branche tombée en travers d'un sentier, et, d'un ton qui n'admettait pas de réplique, demanda que l'on fît bouillir de l'eau et que l'on préparât du linge.

On l'entendit, plongé dans le delta des lourdes cuisses, marmonner, entre deux hurlements de la Jacotte, que l'accouchement serait difficile, l'enfant se présentant par le bassin.

— Il va falloir choisir, dit-il, entre lui et la mère. Le père étant absent, qui va prendre cette décision ? Elle ne relève pas de ma compétence.

— Jeanne, peut-être, dit Cécile.

— Cette innocente serait incapable d'une réponse sensée. Alors, madame Delpeuch, quel est votre avis ?

— Je crois, répondit Cécile, que c'est le bébé qu'il faut sacrifier. Les enfants auront encore longtemps besoin de leur mère.

C'était l'avis de Sylvaine et d'Emma. Quant à Jeanne, qui se tenait sur un banc du *cantou* et pleurait dans son tablier, on lui épargna ce choix difficile. C'est alors qu'on entendit Julia lancer avec colère :

— J'ai tout de même mon mot à dire, si vous permettez ! Et je dis, moi, que c'est l'enfant qu'il faut sauver. C'est un don du Ciel, ce que vous faites semblant d'ignorer, mécréants que vous êtes ! Notre Seigneur vous pardonnera pas ce sacrifice. Quant à toi, boucher, je te laisserai pas faire !

Le médecin étala ses instruments sur la table et, sans se démonter, ordonna à Cécile et à Sylvaine de jeter dehors cette mégère. Elles n'eurent pas trop de toute leur énergie pour obéir. La porte refermée au verrou, on entendit Julia cogner à coups de pieds et de poings contre le battant en hurlant :

— Misérables ! vous l'emporterez pas en paradis. Dieu vous punira. J'irai porter plainte à la gendarmerie, assassins !

Après s'être préparé à l'opération, Amiot dit à mi-voix :

— Ce ne sera pas un beau spectacle, je vous en préviens. Vous, Cécile et votre amie, éloignez cette petite. Allez lui tenir compagnie dans sa chambre, avec les deux mioches que j'entends pleurer. Vous, Emma, restez. J'aurai besoin de votre aide.

Il dut, morceau par morceau, retirer l'enfant du ventre de sa mère, dont les hurlements et les gémissements retentissaient sans discontinuer. Emma avoua à Sylvaine, quelques heures plus tard, qu'elle avait mal supporté cette épreuve et qu'à plusieurs reprises elle avait failli tomber en syncope. La mère en réchappa, mais elle mit du temps à se remettre. Chaque jour, après les soins à donner au bourricot, à la volaille, au goret, et avant de préparer la soupe,

Sylvaine allait lui rendre visite, et sacrifier une volaille pour lui préparer un bouillon reconstituant.

Un jour, la Jacotte lui prit la main et lui dit :

— C'est gentil, tout ce que tu fais pour moi, mais faut que je te dise : c'est le petit qu'il aurait fallu sauver, parce que moi, maintenant que mon François a disparu, la vie, tu sais...

3

Pas à pas, le progrès...

Aujourd'hui, premier dimanche de décembre, l'hiver nous a accordé une rémission.

Cécile et Sylvaine, qui ne partagent pas mon incroyance congénitale, se sont rendues à la messe. Je les attendais à la sortie pour la promenade traditionnelle autour du château dont les murailles séculaires souffrent de la maladie de la pierre qui creuse de profondes alvéoles dans le grès.

J'ai appris dans ma jeunesse, de la bouche d'Isabelle, la fille des châtelains, que plusieurs familles avaient jadis élu domicile dans cette forteresse qui semble avoir servi de modèle aux eaux-fortes de Hugo, et en ont fait une châtellenie. Aujourd'hui, les divers éléments qui la composent sont la propriété d'une seule famille. Mme de Bonneuil y vit seule avec une servante et un jardinier vieux et perclus de rhumatismes, reliquat vivant de siècles de servitude acceptée.

Je rencontrais souvent, jadis, sur les chemins et les sentiers de la commune, Isabelle, montée sur sa jument, Praline. Parfois elle prenait en croupe la sauvageonne que j'étais et me faisait faire, à travers le bourg, ce qu'elle appelait un *tour d'honneur*. J'aimais son allure délurée, parfois provocante lorsqu'elle allait boire un verre chez la Jeanne et rouler une cigarette en se moquant des commentaires des joueurs de manille et des menettes.

En août quatorze, à la déclaration de guerre, elle a quitté son nid d'aigle pour jouer, à Brive, les colombes dans une organisation caritative d'aide aux poilus, avant de se fondre, dans la tenue blanche des infirmières, au cœur de la tourmente. Elle n'a plus jamais donné de ses nouvelles.

Quant à Mme de Bonneuil, elle ne quitte le château que pour la grand-messe du dimanche ou, au temps de Noël, pour aider à la confection de la crèche et distribuer des oranges aux pieuses filles de Sainte-Thérèse.

Au cours de ces promenades dominicales, Sylvaine, éblouie, lâchait le bras de Cécile et le mien, restait plantée au milieu de la route et, bouche bée, regardait le soleil d'hiver caresser les hautes courtines et les tours, pour la plupart en ruine. Elle nous confia qu'il n'y avait pas de château dans son village, que le seul qu'elle eût vu, dans son enfance, était celui du roi Stanislas, à Nancy, plus somptueux mais de moindre importance que celui de Saint-Roch.

Elle soupirait en nous reprenant le bras :

— Comme j'aimerais habiter là... J'aurais épousé le fils du châtelain, je vivrais entourée de domestiques, je me promènerais en tilbury et j'irais chasser avec une meute. On me saluerait lorsque je traverserais le village, à cheval, comme cette fille des châtelains, dont vous m'avez parlé...

— ... et tu aurais un confortable compte en

banque, ajoutait Cécile. Ce rêve, nous l'avons tous fait, sauf que moi je n'y ai jamais cru.

Par une route blanche, nous sommes descendues jusqu'à la maison du maire. Située à mi-hauteur de la colline sur laquelle est bâti le bourg, elle domine la vallée aux prairies envahies en certains endroits par les dernières crues de la Gane.

Derrière les hautes grilles aux piliers surmontés de deux lions de calcaire grisâtre, cette demeure ancienne a l'allure de ces maisons de notables qu'on trouve dans presque tous les villages de la Corrèze. Au-dessus du fronton triangulaire, elle porte la date *1708.* Toutes les ouvertures sont pourvues de linteaux en accolade avec, en leur milieu, un cœur renversé, dont la signification m'échappe. La vaste esplanade qui la précède, plantée d'un cèdre majestueux, jonchée de jouets d'enfant datant des dernières vacances d'été, est à usage de cour de ferme.

— Nom de Dieu ! s'est exclamée Sylvaine, est-ce que vous voyez ce que je vois ? Cette machine agricole, ce tracteur qui paraît neuf... Auxence me disait qu'avec une telle machine on pouvait faire le travail d'une dizaine d'ouvriers. C'est ce qu'il nous faudrait. En moins d'un an, on pourrait redonner vie aux Bories-Hautes.

— Eh bien, plaisanta Cécile, il ne nous reste qu'à faire des économies pour nous offrir ce joujou, le seul, pour le moment, de tout le canton. En moins de dix ans, en se privant, on devrait y arriver.

— Il y a mieux à faire, dit Sylvaine.

— Le voler, peut-être ?

— Non, Cécile : le louer.

Cécile éclata de rire.

— Le louer ! On voit bien que tu ne connais pas Joffre. Sa femme surtout : une virago, pingre et acariâtre.

— Et on voit bien que tu me connais pas ! Chiche que j'aille le trouver, *ton* maire, et que je lui propose ce marché ?

— Je tiens le pari, mais tu échoueras, j'en mettrais ma main au feu.

— Tu n'auras pas à le faire. Ma décision est prise : j'irai voir Joffre dès demain et je remonterai aux Bories-Hautes montée sur cet engin.

Je suis retournée à Brive le soir même de ce dimanche ensoleillé. À la fin de la semaine, sur le chemin qui mène de la gare au bourg, Sylvaine s'est fait un plaisir, mêlé d'une pointe d'orgueil, à me raconter ce que Cécile a appelé un *miracle*, et qui est plutôt, selon moi, le résultat positif d'un défi insensé.

— Faut dire, me raconta Sylvaine, quelques jours plus tard, que cette affaire était mal embringuée. Joffre s'est montré surpris que je lui rende visite à domicile et non à la mairie, mais il m'a accueillie avec le sourire et a fait des ronds de jambes pour me dire qu'il était heureux de faire enfin ma connaissance et de dissiper le *mystère* (c'est le mot qu'il a employé !) qui entourait ma présence dans sa commune. Il m'a même fait entrer dans son salon et m'a fait asseoir dans un fauteuil.

Sylvaine s'est interrompue brusquement pour apostropher Coquin :

— Sale bête ! Regarde-le brouter des chardons

au lieu d'avancer. On dirait qu'il le fait exprès... Allons, hue !

Elle a fait claquer le fouet en l'air avant de reprendre :

— Il m'a dit de me mettre à l'aise. J'étais tout juste assise sur la pointe des fesses quand j'ai entendu une voix aigre venant de la cuisine pour demander qui était là. Joffre a répondu que j'étais l'*amie de Cécile Delpeuch*. La vieille s'est mise à crier, en disant qu'elle voulait pas de laïques dans sa maison, et moins encore leurs bonniches ! Tu me connais : j'ai failli prendre la mouche et foutre le camp. Et tant pis pour le tracteur !

Sylvaine n'en a rien fait. Le maire l'a rassurée en lui disant à mi-voix qu'il fallait excuser cet esclandre, que sa femme avait l'estomac malade, ce qui la rendait irascible, surtout le matin.

— Il m'a demandé l'objet de ma visite. Quand je lui ai proposé de louer son tracteur, il a fait une drôle de mine, comme si je lui demandais de poser sa culotte. Quand il m'a répondu qu'il devait en parler à sa femme, je me suis dit que c'était foutu. J'ai entendu, venant de la cuisine, les hurlements de la vieille : « Quel toupet ! Prêter notre tracteur à ces croquantes ? Et pourquoi pas leur donner la semence en plus ? Jamais, tu entends, Jules, jamais ! »

Joffre a motivé le refus opposé par sa femme par une objection pitoyable : « À supposer que je vous la loue, cette mécanique, vous ne sauriez pas vous en servir. C'est un travail d'homme. A-t-on jamais vu une femme conduire un tracteur ? »

Je lui ai demandé si elle avait vu la mère Joffre, cette femme qui sortait peu, seulement pour les messes et des visites au curé. Elle éclata de rire.

— Cette garce ! Elle a pas montré le bout de son museau. Ça m'amusait de l'entendre bougonner, demander à son mari ce qu'il attendait pour *me renvoyer à mon fumier*, et autres amabilités. J'ai failli me lever pour aller lui foutre mon poing dans la gueule, nom de Dieu !

Je lui ai dit de se calmer et de me raconter la suite de cette démarche qui avait pris un si mauvais départ. L'affaire était donc classée ?

— Attends, Malvina, attends ! Harcelé de loin par la vieille et rouge comme une tomate, Joffre s'est mis à hurler à son tour, pour dire que le maître c'était lui, qu'il ferait ce qu'il aurait décidé, pour le tracteur et pour les affaires municipales, qu'il pouvait recevoir qui lui plaisait ! Et là, ma chérie, j'en suis restée comme deux ronds de flan. Faut dire que je m'étais mise sur mon trente et un, avec le costume du dimanche de Cécile, et que je semblais lui faire impression. Il m'a pris le bras et m'a dit à voix basse que cette affaire était *à considérer* et que, pour la location, on s'arrangerait...

Elle a ajouté en faisant claquer les brides sur l'échine de Coquin :

— Il semble ne pas aimer les côtes, ton bourricot. Paraît qu'il a quinze ans. Tout juste bon à faire du saucisson...

Sylvaine a donc gagné son pari. À l'en croire, le maire, en acceptant cette singulière proposition, avait été moins sensible à la perspective d'un gain qu'au charme de la demanderesse. Elle a ajouté en riant :

— Figure-toi, Malvina, qu'alors que je me levais pour prendre congé, il m'a baisé la main. Parole ! J'ai senti mes jambes flageoler. C'était la première fois que ça m'arrivait. Faut dire que, malgré son âge, il est encore assez bel homme, votre maire...

La suite, je la tiens de Cécile : l'arrivée de Sylvaine aux Bories-Hautes, juchée sur son tracteur, jupes retroussées jusqu'aux cuisses, fière comme une Amazone sur son char de guerre, suivie par la tribu de la Jacotte, ébahie, et par une ribambelle d'autres mômes, c'était un de ces événements insolites qui s'impriment dans la mémoire d'une communauté rurale..

— Sylvaine a fait dans le jardin une entrée spectaculaire, mais elle n'est pas parvenue à freiner son engin, si bien qu'il a enfoncé le *clédou* et s'est arrêté contre le mur de la grange, l'avant de l'engin dans la paille, sans autres dégâts. Elle criait que *cet imbécile de maire* avait oublié de lui montrer comment actionner le frein. Je riais comme pour un film de Charlot.

Cécile a ajouté :

— Ce qui a été moins drôle, c'est le jour où le moteur s'est mis à fumer et qu'il est tombé en panne, au milieu de la place, devant chez la Jeanne. Tu imagines la scène ! Pour le dépanner, il a fallu faire appel au fils de Bernède, Jeantounet, qui s'intéresse à la mécanique. Il a réparé la panne en un tournemain.

Pour comble, cette scène se déroulait à la sortie des vêpres. La tête des menettes devant cette grande fille hirsute, qui montrait ses jambes jusqu'aux culottes en chevauchant cette mécanique... Pour un peu, elles auraient crié à l'attentat à la pudeur et appelé les gendarmes !

C'est ce même jour, dans la matinée, que le maire, profitant de ce que les ménagères revenaient de faire leurs courses à la boulangerie et à l'épicerie, s'était transformé en crieur public, ce qui ne lui était jamais arrivé dans toute sa carrière municipale. La poitrine barrée de son écharpe tricolore, assisté du garde champêtre, Bancarel, qui battait la caisse à tour de bras, il fit une annonce qui allait bouleverser la vie communale.

Grâce à ses *démarches obstinées* et aux *efforts inlassables* de la part de son conseil, il avait enfin obtenu que sa commune bénéficie des bienfaits de l'électricité. Pas seulement à la mairie et sur les lieux publics, rues et places, mais *dans tous les foyers*, même les plus modestes.

La surprise des badauds se traduisit par des échanges de regards sceptiques. Les promesses, on y était habitué. La *Fée Électricité* dont on se gargarisait dans *La Dépêche*, avec une gamme de superlatifs, on avait cessé d'y croire. Jusqu'à la fin des temps, pensaient certains, cette commune resterait à la traîne du progrès, comme une vieille carriole aux roues brisées, abandonnée dans un fossé.

Après un dernier roulement de tambour marquant la fin de l'annonce, on vit le père Bernède s'avancer vers Joffre, et, planté devant lui, s'écrier :

— *Monsieur le maire*, avec tout le respect que je te dois, tu viens d'enfoncer une porte ouverte. Tu te fais gloire des *efforts inlassables* de ton conseil pour faire venir le courant électrique jusqu'à nous, alors que de nombreuses communes de l'arrondissement en bénéficient déjà. Tu avais dû oublier ce dossier, comme quelques autres. Alors, s'il te plaît, un peu de modestie...

Joffre répliqua en brandissant le poing, non pour témoigner d'opinions révolutionnaires, mais pour traduire la colère qui lui empourprait le visage :

— Tu aurais fait sans doute mieux que nous, Jules ! Tel que je vous connais, toi et tes acolytes, si vous aviez été au conseil à notre place, nous ne l'aurions jamais eue, l'électricité ! Jamais, tu entends, *rétrograde* !

Après cette algarade de meeting électoral, le chœur des menettes salua à sa manière, quelques minutes plus tard, l'apparition de Sylvaine, traversant la place de l'église sur son tracteur. La Jeanne, qui, de sa terrasse, avait assisté à cette dernière scène comme à la précédente, m'a rapporté les propos qu'elle avait recueillis :

— Cette fille, vous trouvez pas qu'elle a l'allure d'une catin ?

— Et qui peut dire d'où elle sort ? Pas d'un couvent, sans doute...

— Savoir ce qu'elles fricotent, elle et sa copine ? Elles sont comme cul et chemise.

— Vous croyez que c'est la place d'une femme de piloter cet engin en montrant ses jambes ?

Julia Vedrenne, qui revenait de la boulangerie, ne s'était pas montrée la moins agressive. Jeanne l'avait entendue marmonner, comme s'il s'agissait d'un complot :

— Ces deux garces sont capables de tout ! Faudra pas les quitter des yeux. Je crains qu'elles nous réservent des surprises, et pas des meilleures. Elles ont déjà embobiné notre maire. À qui le tour ?

En fait de surprise, celle que Cécile éprouva quelques jours plus tard ne fut pas mince.

Sylvaine revenait du bourg en poussant une brouette chargée d'un colis volumineux, enveloppé de serpillières, qu'elle posa sur la table. Avec un air mystérieux, elle laissa à sa compagne le soin de le découvrir.

— Ça, par exemple, s'exclama Cécile. Un phonographe !

— ... avec un mot pour moi, là, dans cette enveloppe. Tu l'ouvres et tu lis.

Le billet portait ces quelques mots : *Pour vous faire oublier les réticences de mon épouse, je me permets de vous faire présent de cet appareil dont je n'ai que faire, car elle ne supporte pas la musique et moi je n'ai pas le temps d'en écouter, bien que j'aimerais. Il m'a été offert par des amis de Brive pour mon élection au Conseil général. Faites-en bon usage. Je précise qu'il ne s'agit pas d'une location, comme pour le tracteur, mais d'un don. Je vous demande d'en garder le secret.* C'était signé : *Votre ami : Jules Joffre.*

— ... et des disques en plus ! s'écria Cécile. Pour avoir conquis cette vieille baderne, tu dois avoir des dons de sorcière. Si tu as tenté de le séduire, c'est gagné.

— Ah ça, non ! protesta Sylvaine. J'apprécie son geste mais, pour ce à quoi tu penses, pas question ! S'il était pas marié et qu'il soit moins prétentieux, je dis pas... Mais je veux pas d'ennuis avec sa vieille, tu comprends ?

Elle ajouta en tournant la manivelle :

— Si madame la mairesse déteste la musique, moi j'en raffole. Dans mon patelin, quand j'étais gamine, j'allais le dimanche écouter l'accordéon à la porte de la guinguette, et je dansais sur place, toute seule. Alors, avec un phonographe, tu penses si je vais m'en payer !

Elle posa sur le plateau un disque pris au hasard et l'aiguille sur la lisière, délicatement. À un grincement modulé de chat en colère succéda, dans le pavillon métallique, non la *Voix de son maître,* celle du chien qui indique la marque de fabrique, mais une mélopée langoureuse.

— Un tango..., murmura-t-elle avec un air de ravissement. Mes pensionnaires, mes soldats et les Boches, le dansaient dans ma cour, la veille de leur séparation, avec la musique d'un harmonica. Auxence m'a dit que cette danse vient d'un pays lointain : l'Argentine. J'ai pas eu le temps de lui demander où se trouve ce pays et de m'en parler, curieuse que je suis.

Elle ajouta :

— Je crois me souvenir comment ça se danse, le tango. Viens, je vais te montrer.

Cécile marqua un recul lorsque Sylvaine, la prenant par la taille, se plaqua contre elle, les mains sur ses hanches, en lui disant que c'était tout simple et qu'il lui suffisait de se laisser conduire.

— Pense que tu fais l'amour, Cécile. C'est pas comme pour la valse. Tu vas rester collée contre moi. Tu te donnes, tu te refuses... Il faut que nos visages se touchent presque. Là, comme ça... Petit-Pierre, tu regardes pas ! Va dans ta chambre.

La musique tenait déjà une grande place dans ma vie. Lorsque Cécile me rendait visite à Brive, nous allions parfois boire un verre au Café de Plaisance, sur la Guierle, en face du Théâtre municipal, pour écouter un orchestre de femmes. Il nous arrivait de louer une place pour des opérettes. Je me souviens des *Cloches de Corneville (Digue, digue, digue digue donc ! Sonne, sonne donc, joyeux carillon...)*, et de *La Mascotte (Les envoyés du paradis sont des mascottes, mes amis...)*. Nous en fredonnions les airs au retour en nous donnant le bras.

Un soir, j'ai entraîné Cécile dans le logement de fonction d'un collègue, pour une petite fête entre amis. On nous a fait écouter, sur ce qu'on appelait un *phono*, des airs d'opéras russes chantés par Fedor Chaliapine. Notre culture musicale n'allait guère plus loin que ces opportunités. Nous nous sommes rattrapées par la suite.

J'avais du mal à imaginer ce magnifique instrument au pavillon majestueux, dans ce lieu fruste, où n'avait guère retenti que la voix aiguë de la Maïré et des aboiements. Quant au spectacle de ces deux jeunes femmes étroitement enlacées, dansant le tango entre la cheminée et le lit rustique aux rideaux de cretonne rouge, je ne parvenais pas à le concevoir.

Ce spectacle intime eut une spectatrice non souhaitée : l'une des filles de la Jacotte, Mathilde. Elle venait, comme cela lui arrivait souvent, au retour de l'école, quémander de Cécile une aide pour un devoir difficile, quand, le nez collé à la vitre, béant de stupeur, elle assista au spectacle de ces deux belles créatures enlacées. Elle le raconta à sa grande sœur, Jeanne, qui en informa sa mère, laquelle le rapporta à une voisine, si bien que, le téléphone arabe ayant joué, tout le village en fut informé. Les uns s'en divertirent ; d'autres en furent outrés.

J'avais des rapports attentifs et affectueux avec ma sœur aînée, Flavie. Elle est tout ce qui me reste de ma famille, mes deux frères, employés à la Manufacture d'armes de Tulle, s'étant à tout jamais coupés d'un milieu familial dont ils n'attendaient plus rien.

Avant la guerre, pour un salaire de misère, Flavie allait de ferme en ferme, à pied et souvent le ventre creux, se louer pour des travaux de lessive ou de ravaudage. Elle était frêle, timide mais d'une serviabilité à toute épreuve. Jamais je ne l'ai entendue se plaindre des mauvais traitements de la Maïré ou de la rapacité de certaines de ses employeuses.

Elle ne s'est affranchie de cette condition misérable et dangereuse pour sa santé que sur les instances d'Emma Berthier. Employée à demeure chez les sœurs de Meyssac, elle y a appris la couture et la broderie au *poinct de Tulle.* Revenue à Saint-Roch avec un excellent bagage professionnel, sinon avec des économies, elle s'est installée comme couturière à façon. Après des débuts difficiles, elle s'est fait une clientèle dans la commune et au-delà, jusqu'à Vayrac et Souillac. Cécile et moi n'entretenons avec elle que des rapports épisodiques, malgré l'affection qui nous lie. Outre qu'elle n'est guère loquace, peu de choses l'intéressent, hormis sa profession.

Un soir, alors qu'elle faisait travailler Petit-Pierre à ses devoirs, Cécile a eu la surprise de voir Flavie pousser la porte et entrer timidement, comme pour s'excuser de n'avoir pas prévenu de sa visite.

— Je n'ai pas osé, me dit Cécile, lui demander les motifs de sa venue à une heure aussi tardive, alors que nous allions passer à table, et elle ne paraissait pas disposée à nous les livrer. Nous l'avons invitée à partager notre soupe. Après le *chabrol,* elle m'a dit : « Je vois que tu t'es acheté un phonographe. C'est une belle invention. Si la Maïré et Pierre revenaient, ils en feraient, une tête ! C'est avec cette mécanique que vous dansez ? »

Sylvaine lui a demandé comment elle avait appris ça. Elle a répondu :

— Ben... par Mathilde. Elle a raconté la scène à sa famille, si bien que tout le bourg est au courant et que ça fait scandale. Quant aux menettes, je vous dis pas... Le curé va sûrement en parler en chaire, dimanche.

Sylvaine a marmonné entre ses dents :

— Mathilde... cette petite garce ! Elle me le paiera !

Cécile a tenté de la rassurer. Ce *scandale* ne ferait pas une révolution. Elles en seraient quittes pour quelques bouderies de ménagères en allant faire leurs courses.

— Après tout, a-t-elle ajouté, les veuves que nous sommes ont bien droit à un peu de distraction. Le curé et ses menettes ne vont pas nous faire un procès pour ça !

— En tout cas, méfiez-vous, a dit Flavie. Vous ne savez pas de quoi ces femmes sont capables...

Depuis l'arrivée de Sylvaine, j'ai pu constater à maintes reprises l'équivoque qui régnait dans ses rapports avec Cécile, en raison, sans doute, d'une présence secrète et récurrente : celle de Pierre. Comme elles l'avaient aimé, chacune à sa façon, il était fatal qu'il y eût entre elles, malgré leur promesse implicite d'éviter d'évoquer à la fois ce mariage et cette brève liaison, un sentiment mal étouffé de jalousie.

Cécile me dit un jour, en l'absence de sa compagne :

— L'ambiance de la maison n'est calme qu'en apparence, Malvina. Lorsque je regarde le portrait de Pierre qu'on a encadré et posé sur la cheminée, il m'arrive de détester Sylvaine et de souhaiter qu'elle parte, en me disant qu'il l'avait peut-être plus aimée que moi et qu'il aurait pu refaire sa vie avec elle, la guerre terminée. Tous deux étaient des terriens et elle a sur moi un avantage supplémentaire : sa séduction.

Je faillis protester : Cécile, loin de là, n'était pas un laideron ! Elle avait même un charme et un charisme auxquels mes amis brivistes s'étaient montrés sensibles.

Elle me raconta qu'un soir, alors qu'elle coupait des tomates pour en faire une salade, Sylvaine lui avait parlé avec émotion de la façon dont elle avait soigné Pierre de sa blessure au côté. Il portait encore ses bandages rudimentaires quand il s'était proposé pour l'aider à ramasser de l'herbe pour ses lapins.

— Elle a eu la maladresse de m'avouer que, pour la première fois, il l'avait prise dans ses bras pour l'embrasser dans le cou. J'ai serré si fort la tomate que j'étais en train de couper qu'elle a éclaté. Ce n'est qu'en constatant ma réaction qu'elle a compris ce que sa confidence me coûtait. Elle a eu beau me dire que ce n'était, de la part de Pierre, qu'un geste affectueux, le mal était fait. Je me suis retenue de ne pas lui jeter ma tomate à la figure. Comme Petit-Pierre était présent, je n'ai pas voulu dramatiser cette scène. Elle s'est excusée et a pris ma main pour l'embrasser. J'ai remarqué une larme sur sa joue. Nous ne nous sommes pas adressé la parole de toute la soirée.

— Tu as agi sagement, lui ai-je dit. L'une et l'autre, vous auriez souffert d'une séparation. Sa compagnie t'est bénéfique : elle te fait oublier ta solitude. D'ailleurs vous vous entendez bien et Petit-Pierre l'adore. Comment ne pas aimer sa vivacité, sa gaieté, et jusqu'à la vulgarité de ses propos et de son comportement ?

— Sans doute, mais nous sommes sur le fil du rasoir. Il suffirait d'une maladresse de sa part ou de la mienne, d'une mauvaise querelle, pour provoquer une rupture définitive que je regretterais.

— Elle aussi, et plus que toi sûrement, car elle se retrouverait seule. Cet Auxence dont elle nous parle souvent, elle n'en a toujours pas de nouvelles ?

— Elle n'en aura jamais, je le crains. Elle se nourrit d'illusions. Comment n'a-t-elle pas compris que ce fils de famille n'est pas fait pour elle ? S'il n'est pas mort et s'il lui donne un jour de ses nouvelles, ce sera sans doute pour lui annoncer son mariage avec une demoiselle de son milieu. À ce qu'on dit, ces amours nées de la guerre ne survivent pas à la paix. Une bourrasque fait se rencontrer des êtres. Une autre bourrasque les sépare. C'est un jeu auquel beaucoup se laissent prendre. Je crains que Sylvaine n'en soit dupe et n'en souffre...

Le fait que notre compagne soit analphabète faillit avoir des conséquences graves.

Pour avoir abusé des marrons grillés, son régal, Pierrot dut s'aliter, l'estomac brouillé. Occupée à préparer ses leçons du lendemain, Cécile demanda à Sylvaine d'apporter au malade la potion propre à ce genre d'affection. Elle la trouverait dans l'armoire à pharmacie :

— La fiole à étiquette rouge marquée *Estomac.* Tu lui en donneras une bonne cuillerée.

Sylvaine se trompa et fit avaler au petit malade une dose d'un remède destiné à la constipation. Quelques heures plus tard le mal s'était reporté sur les intestins, avec des déjections répétées.

Cette double méprise de la part de Cécile et de Sylvaine n'eut pas de suite grave pour Petit-Pierre et une conséquence positive pour cette dernière. Elle dit un soir à sa compagne :

— Ma chérie, j'ai décidé d'apprendre à lire et à écrire. Si ton idée de cours du soir tient toujours, je te prie de m'y inscrire. Je veux devenir une femme normale, tu me comprends : *normale...*

En vertu d'une volonté d'œcuménisme partagée entre Emma Berthier et Cécile – la religieuse et la laïque – et en dépit d'un complot initié par le curé Calmel et tramé par les menettes, il fut décidé d'une date pour cet enseignement : la mi-décembre, et d'un lieu. Malgré les protestations qui ébranlèrent l'évêché sans le pousser à une intervention intempestive, l'école Sainte-Thérèse, domaine inamovible d'Emma, fut choisi.

Je me fis un devoir d'être présente, peu avant Noël, à l'une des premières séances. Les *élèves* avaient apporté, comme à chaque veillée, qui une bûche, qui une bouteille de cidre, qui des châtaignes blanchies maintenues au chaud sur le poêle Godin. La plupart de ces femmes, mêlées à quelques hommes, venaient à pied, souvent par des sentiers de chèvres, les *rapétous,* pour raccourcir leur trajet, d'écarts éloignés du bourg de quelques kilomètres, comme les Escrozes, les Auboiroux ou Puyperdu. Toinette, la veuve de Lavergne, arrivait avec son charretou tiré par une vieille mule, du hameau de Bel-Air, situé aux antipodes de la commune.

Je retrouvai avec plaisir l'ambiance de l'école congréganiste, où j'avais fait un séjour bref autant qu'inutile au temps de ma préhistoire sauvage : le tableau noir rayé par des craies carrées de mauvaise qualité, le crucifix au-dessus du bureau d'Emma, des images de pèlerinages fixées aux murs de plâtre lépreux, des cartes de la France et de ses colonies aux couleurs délavées, les pupitres où, gravés comme sur des stèles du cimetière, s'étaient inscrits des noms derrière lesquels je pouvais sans peine mettre des visages : Rachel Morange... Estelle Vige... Julia Fronty...

Avec un accent de gravité chez Cécile et onctueux chez Emma, ces deux institutrices retrouvaient alternativement, pour enseigner ces adultes, le vocabulaire de la classe des petits. Pour me rendre utile, je distribuais les ardoises, les crayons métalliques et les manuels, et j'écoutais ces femmes égrener leurs *deu... gueu... peu...* scandés à coups de baguette sur le tableau, par les deux maîtresses. Je souriais derrière ma main en écoutant l'assistance ronronner : *La pipe de papa pue,* ou *Toto têtu tient sa tête.*

Je retrouvais dans cette classe peu banale de vieilles connaissances et quelques amies : la Marie du moulin de la Tournadre, la Julie Ponchet de l'étang de Bernes, des mères de camarades de classe et quelques autres qui avaient placé leurs enfants à Sainte-Thérèse. Des hommes qui s'étaient fait inscrire, il n'en resta bientôt qu'un : le Babeu de la Chapoulie, un pauvre handicapé mental qui s'amusait de tout et de rien, et ne fit pas long feu.

Emma vieillissait mal. Elle avait de peu passé la cinquantaine, mais on l'aurait créditée de dix ans de plus. Elle n'avait jamais été ni belle ni élégante, mais il émanait d'elle, en dépit d'une maigreur qui la faisait soupçonner de macérations, un charisme inaliénable. Elle flottait dans ses vêtements sombres et, sous le chapeau noir à bordure de dentelle jaunâtre, son visage s'était creusé. Ce qui ne laissait pas de surprendre, ce sont les liens amicaux qui la rapprochaient de cet archétype de la gauche, Jules Bernède. Ils se connaissaient depuis leur plus tendre enfance. Certains disaient même, en plaisantant, qu'ils auraient pu *faire un beau couple.*

Durant la première séance à laquelle j'assistai, je me tins dans le fond de la salle, au dernier pupitre. Des envies de rire me montaient aux lèvres en écoutant ânonner ces femmes, veuves pour la plupart, au visage creusé par le chagrin, la fatigue et les soucis. Sylvaine, un peu à l'écart de ses compagnes, s'appliquait sur son cahier, en tirant la langue. De temps à autre elle me faisait un sourire et gonflait ses joues, comme pour me dire qu'elle aurait préféré, à cette heure tardive, se trouver dans son lit.

Je me souviens de cette soirée aux Bories-Hautes où, posant sur la table un cahier et un crayon, elle me dit :

— Malvina, je suis très fière de moi. Regarde. Je sais écrire mon nom : *Syl-vai-ne Mo-ril-lon.* Fini de signer d'une croix. C'était humiliant. Je peux même écrire ton nom à toi : *Mal-vi-na Del-peu-cheu.*

— Magnifique ! lui dis-je, sauf que Delpeuch ne prend pas de « eu » à la fin. Et tu as appris ça en quelques leçons ? Bravo ! Bientôt tu pourras écrire des lettres et lire des livres.

— Écrire des lettres ? À qui ? Pour les livres, j'ai commencé, mais c'est difficile. Attends voir...

Elle prit sur une étagère un roman d'Émile Zola, à couverture jaune et fripée : *Germinal.* Elle l'ouvrit avec révérence, comme un incunable, et, le nez contre la page, car elle était un peu myope, elle commença à lire laborieusement : *Dans la plai-ne raseu, sous la nuit sans étoi-leus, d'une obs... d'une obs-cu-ri-té et d'une épais-seur d'en-creu...*

— Eh bien ! fit-elle, qu'est-ce que tu en dis ? En m'appliquant, je suis arrivée à en lire une dizaine de pages, et ça m'intéresse. De plus, *Germinal*, ça se passe pas très loin de chez moi. Je compte bien aller jusqu'au bout. Derrière les mots, j'imagine des personnages, des paysages, des choses, comme au cinéma.

Elle referma le livre, me prit à bras-le-corps, comme pour m'entraîner dans un mouvement de tango, en jubilant.

— Je sais lire, Malvina ! La pauvre idiote que j'étais sait lire. Plus personne pourra se moquer de moi.

Je me dis que, dans une autre étape, il faudrait lui apprendre à user correctement des adverbes de négation, mais là, j'en avais conscience, c'était, comme on dit, une autre paire de manches.

À quelque temps de là, je la mis à l'épreuve en lui demandant d'écrire pour moi les paroles d'une chanson nostalgique qu'elle fredonnait souvent de sa voix un peu rauque mais profonde. Elle ouvrit le cahier qui servait à son cours et, le nez au ras de la feuille, écrivit :

Écoute, mon cœur, écoute la harpe
Du vent de chez nous, du pays d'Artois.
C'est un très vieil air des bords de la Scarpe
Qui chante aujourd'hui, tout comme autrefois.

— Je peux même, me dit-elle, écrire les paroles de la *Madelon* et des *Roses de Picardie.* Cette dernière chanson, Auxence me la chantait, au fond de la cave pendant qu'on se battait autour de ma maison et qu'on entendait des bruits de pas dans la cour. Il avait une jolie voix, mon Auxence...

Une semaine plus tard, alors que je montais dans la carriole qui me mènerait à la gare, Sylvaine m'embrassa et me dit avec un ton de gravité :

— Malvina, ma chérie, c'est fini. Fi-ni...

Mon cœur se serra en songeant que la rupture que je redoutais, entre elle et Cécile, venait de se produire.

— Que veux-tu dire ? Qu'est-ce qui est fini ?

— Je te parle de *Germinal*. Eh bien, c'est fait ! Je l'ai lu en entier et je compte bien le relire. Deux cent cinquante pages, écrites tout petit, ce qui me gênait... Mais... ça semble pas te surprendre...

Je la dissuadai de suspecter mon indifférence, et la félicitai même avec chaleur, si bien qu'elle parut au comble du bonheur. Le dimanche suivant, je lui apportai, en guise de cadeau de Noël, un bel exemplaire relié de *Jacquou le Croquant,* le chef-d'œuvre d'Eugène Le Roy, dans la première édition, celle de 1899, dénichée chez un bouquiniste de Limoges.

Ce jour-là, pour la première fois, je l'ai vue pleurer vraiment en se pressant contre moi.

Le quatrième dimanche de l'Avent, deux jours avant *la Noël,* comme on dit chez nous, où l'on mélange couramment les genres, j'étais présente dans l'église, à la requête de Cécile, pour visiter la crèche qu'elle avait aidé Mme de Bonneuil et Emma à installer et à décorer.

Lorsque nous sommes arrivées, l'assistance des fidèles, pour la plupart des femmes, était en émoi. J'entendis Julia Vedrenne vitupérer la Jacotte qui, à la suite d'une manœuvre maladroite pour changer de rang, l'avait bousculée, entraînant la chute d'un ancien lutrin de chêne, qui s'était brisé. Elle s'écriait de sa voix de gardeuse de vaches :

— C'est de ta faute, Jacotte ! Tu as toujours été maladroite. Qui va le réparer, ce lutrin ? Toi peut-être ? Il va faire beau, notre curé...

— C'est pas un travail de femme, bredouilla Jacotte. Faudra demander à un menuisier. Je paierai la casse.

— Et où tu le trouveras, le menuisier, pauvre *bestiasse* ?

Emma protesta, disant qu'il était indécent de se chamailler dans un lieu saint. On trouverait un menuisier à Meyssac et l'on se cotiserait pour régler la facture. Les menettes s'en mêlèrent, les unes prenant le parti de la Jacotte, d'autres celui de la sage-femme, si bien que l'on put craindre un crêpage de chignons.

Après s'être informée de l'origine de ce tumulte, Cécile nous montra la crèche. Elle était faite de bric et de broc mais bien agencée et peuplée de santons réalisés plus d'un siècle auparavant par un artisan du village. Mme de Bonneuil avait fourni, pour figurer Jésus, un gros baigneur de celluloïd ayant appartenu à sa fille et qui ressemblait, comparé aux autres personnages, à Gulliver en visite à Lilliput.

Rouge d'indignation, Cécile nous fit signe de nous asseoir.

— C'est scandaleux ! marmonna-t-elle. C'est la

première fois que je vois une telle scène dans notre église. Après la messe, j'irai dire deux mots à Julia.

— Et elle t'en dira quatre ! s'esclaffa Sylvaine. Avec cette mégère, ça risque de dégénérer, et tu n'aurais pas le dernier mot.

— D'ailleurs, dis-je, cela rappelle le Moyen Âge, quand les églises étaient des forums. On pouvait s'y donner rendez-vous et y vider des querelles sans que personne n'y trouve à redire.

La grosse Julie Ponchet remit sur le tapis l'histoire du menuisier. Il y en avait un dans le temps, au village : Delpeyroux, le mari de Thérèse, mais il était mort au front, en dix-sept. Elle se plaignait que Saint-Roch fût devenu un village sans hommes, et que tout le monde parût s'en foutre, comme si un raz de marée sélectif avait balayé la population masculine et qu'il ne restât que des célibataires et des veuves.

Elle s'écria :

— Je sais que c'est pas le lieu ni le moment, mais faudra bien qu'on reparle de cette affaire et qu'on trouve une solution. Ça peut plus durer. Moi, si je reste encore un an ou deux sans homme, je deviens folle. Travailler seule ma propriété, j'ai pu le faire jusqu'à présent parce que je suis pas trop décatie, mais j'en peux plus.

— Allez-vous cesser ? s'écria Emma. En voilà, des manières ! Vous insultez le Seigneur, à deux jours de sa naissance.

Il y eut encore quelques éclats de voix suivis d'une rumeur sourde, puis le silence. On entendit claquer la porte de la sacristie. Le curé était en retard pour sa messe, mais n'allait plus tarder à faire son entrée.

Alors qu'éclatait cet esclandre, je me trouvais à quelques pas d'Angélique, la fille de Marguerite Duroux, une autre veuve de guerre de bonne famille. Il m'arrivait, au cours de mes promenades dans le bourg et les parages, de croiser cette gamine jolie mais *mincillotte* et un peu chlorotique, toujours vêtue de blanc comme une novice, et toujours dans les jupes de sa mère qui veillait sur elle comme un eunuque au seuil du harem. Il n'était secret pour personne que cette adolescente, conséquence d'un vœu de sa matrone, était promise au couvent.

De tout le temps que dura la scène, le visage d'Angélique est demeuré figé, comme si elle était absente. Elle ne m'adressa pas la parole ni même un regard, pas plus d'ailleurs qu'à ses voisines. Je réprimai l'envie de m'asseoir près d'elle pour tenter d'engager la conversation, ce que j'aurais peut-être fait si sa mère n'avait été présente et peu disposée, elle, à bavarder dans ce sanctuaire.

La litanie, après l'intervention d'Emma, reprit *mezzo voce* autour de nous.

Une femme se plaignait de ne trouver personne pour ferrer son mulet, ce qu'elle avait dû faire elle-même, avec les moyens du bord. Une autre avait dû, elle-même, réparer le treillage de bois de son *séchadou*, le petit édifice où l'on fait fumer et sécher les châtaignes. Ma sœur, Flavie, à ma grande surprise, s'entretenait avec Thérèse Delpeyroux des ennuis qu'elle avait avec sa toiture qui prenait l'eau, et de l'impossibilité de la faire réparer. D'autres se disaient impuissantes à travailler leur propriété en l'absence de leur mari. Trouver un ouvrier agricole ? Autant chercher des pépites dans la Gane ! Le gouvernement avait bien promis de faire venir des travailleurs espagnols ou italiens, mais on sait ce que valent les promesses officielles. Ces messieurs avaient d'autres chats à fouetter.

On en était au point où l'on aurait pu envisager la rédaction de cahiers de doléances, comme aux prémices de la Révolution.

J'éprouvai un sursaut d'émotion en voyant Sylvaine se lever brusquement et, le feu au visage, l'air provocant, surgir dans l'allée en s'écriant :

— Arrêtez donc vos jérémiades ! S'il vous faut des hommes, allez donc les chercher où il y en a. Si vous attendez qu'ils vous tombent du ciel...

— Et où crois-tu qu'on puisse en trouver ? riposta Julia Vedrenne. En ville ? dans les hôpitaux, les prisons ? Alors, si le cœur t'en dit, ne t'en prive pas.

— En ville, oui ! À Brive par exemple. En cherchant bien, vous en trouveriez, des forgerons, des menuisiers, des couvreurs célibataires. Il y en a sûrement qui accepteraient de s'installer à Saint-Roch.

On entendit une menette glapir :

— Mais de quoi elle se mêle, cette étrangère ? Elle veut nous donner des leçons ? C'est un comble !

Sylvaine, découragée, leva les bras, les rabattit et se rassit en maugréant :

— Oh, et puis, merde ! Ce que j'en dis, moi, c'est pour votre bien. Mais vous avez raison : ça me regarde pas.

Elle se pencha vers Cécile :

— Ces connes, dit-elle. Rien à en tirer...

L'arrivée du curé Calmel mit fin au débat. Lorsque, avant qu'il entame l'office, Emma l'informa des dégâts au lutrin, il bougonna :

— C'est regrettable. Cet objet d'art était une belle pièce d'ébénisterie du dix-septième siècle. Il faudra vous débrouiller pour la faire restaurer.

Sur le chemin du retour, Cécile prit le bras de Sylvaine et lui dit :

— Ma chérie, ton intervention était mal venue en ce lieu, mais elle était pertinente. Aller chercher des hommes à Brive ? L'idée est à creuser. Il faudra que nous en reparlions...

À quelques jours de là, par un tiède soleil de décembre, au cours d'une promenade au sommet du Puy-Faure, alors que nous gravissions le calvaire, Sylvaine et mon neveu marchant devant nous, Cécile me dit :

— Malvina, que penses-tu de cette idée lancée par Sylvaine : aller chercher des hommes à Brive ?

— Je la trouve absurde, ridicule et, de toute manière, vouée à l'échec. Je partage l'avis de Julia : on ne pourrait trouver que du rebut.

— Moi, j'ai bien réfléchi, ma chérie. Rien ne coûte d'essayer. Si nous mettons cette affaire en train, accepterais-tu de nous aider ?

— Je ne vois pas en quoi, mais, si je peux me rendre utile pour cette bonne cause, je ne peux refuser.

— Je vais m'efforcer de cerner le problème, en m'appuyant sur quelques femmes motivées, de jeunes veuves de préférence. Si je parviens à les décider, c'est que la partie mérite d'être jouée.

Une semaine avait passé quand Cécile me parla de nouveau de son projet. Elle l'avait mené avec d'autant plus d'ardeur qu'elle n'y était pas directement impliquée et qu'on ne pourrait l'accuser de défendre ses intérêts : elle n'envisageait pas de louer un ouvrier agricole, de faire travailler un artisan, et moins encore de se remarier.

— Le moment est venu pour toi de nous aider, me dit-elle.

— Que dois-je faire ? Jouer les femmes-sandwiches avec une double pancarte pour annoncer qu'on cherche des hommes pour tous usages, de préférence célibataires ? Que j'organise sur la place de la Guierle un marché aux esclaves ?

Elle prit mal l'ironie de ma réponse.

— Tu raisonnes en égoïste, Malvina. À Brive, tu ne manques de rien, alors qu'à Saint-Roch nous manquons de tout. Et tu refuses de nous aider !

— Je ne tiens pas un bureau de placement ni une agence matrimoniale. Je t'ai dit ce que je pensais de cette idée, et je n'en démords pas. Elle est grotesque ! Alors, débrouillez-vous sans moi.

— Tu as promis de nous aider, et maintenant que l'affaire est en bonne voie, tu te dérobes ? C'est indigne de toi. Nous allons être obligées de renoncer par ta faute. Tu imagines la déception de Sylvaine et de nos amies...

Elle paraissait dans un tel état de détresse que je me sentis à mon tour bouleversée..

— Tu parles de renoncer, toi, Cécile ? Ça ne te ressemble guère. Alors, j'accepte de vous aider. Mais, dis-moi, que devrai-je faire ?

Elle me confia l'idée qui lui était venue pour

amorcer cette campagne de recrutement : des annonces dans un quotidien, *La Dépêche*, et dans un hebdomadaire catholique : *La Croix de la Corrèze.*

— Je te demande simplement de rédiger le texte et de veiller à sa parution. Ça te sera facile.

Là, je regimbai. Facile ? Ce n'était pas comme s'il s'agissait de vendre ou d'acheter une paire de bœufs, une propriété ou du mobilier. Il fallait y mettre les formes. Elle me proposa de rédiger sur-le-champ une première mouture de cette annonce, qu'elle présenterait à ses compagnes. Après des hésitations et des repentirs, nous nous sommes arrêtées au texte suivant :

Commune de Saint-Roch, canton de Meyssac (Corrèze) : Cherchons artisans et ouvriers, de préférence jeunes, célibataires ou veufs, pour travaux agricoles et artisanaux, afin de redonner vie, activité et espoir à un village cruellement affecté par la guerre qui l'a privé de ses forces vives. Prière d'écrire à Mme Cécile Delpeuch, Les Bories-Hautes, Saint-Roch (Corrèze).

Comme j'étais à pied d'œuvre, Cécile me chargea de régler les frais d'insertion qu'elle proposa de me rembourser, ce que je refusai, et de veiller à faire renouveler la publication de cette annonce, ce que j'acceptai.

— Tu vois qu'on ne t'a pas demandé la lune, me dit-elle, mais, puisque tu acceptes de nous aider, il va falloir continuer. Tu as toujours cet appareil photographique à soufflet que t'a offert ton ancien amoureux, Fabien ? J'aimerais que, le moment venu, au fur et à mesure que les candidats se présenteront, tu leur tires le portrait, et que tu fasses de même pour les femmes du village.

— Rien que ça ! protestai-je. Tu veux faire de moi un reporter photographe ! As-tu au moins trouvé un studio ? Je te préviens : je refuse que ça se passe chez moi. Ces hommes dans mon deux-pièces, tu te rends compte. Et ma réputation, qu'est-ce que tu en fais ?

— Là encore, je te demande d'intervenir. Tu demandes une audience au maire ou à un adjoint pour obtenir un local. Je me chargerai du règlement. Ça doit être facile à trouver. Fais ça pour moi, ma chérie.

Tout lui semblait facile, à condition que je m'en occupe. Bonne pâte et, il faut le dire, poussée par un sentiment de curiosité pour cette expérience insolite, je promis mon concours. Faire le portrait des femmes de la commune me fut aisé. J'y consacrai quelques bobines et la messe fut dite. Restait à faire de même avec les candidats masculins.

Là, c'était une autre affaire.

Un jour de la mi-janvier, je conduisis Cécile et Sylvaine au local que j'avais obtenu du maire sans trop insister. Cette affaire l'intéressait et l'amusait au point que j'obtins la location pour le franc symbolique.

Ce studio improvisé se situait dans une vieille bâtisse achetée par la ville en vue d'une restauration, dans une ruelle proche de la collégiale Saint-Martin. Dans le dernier communiqué, j'avais informé les candidats potentiels de la date et du lieu. J'avais de même pris soin de placarder sur les murs de la grande pièce nue et froide les portraits agrandis de nos femmes. Mes compagnes m'en félicitèrent.

Nous n'eûmes pas à attendre longtemps.

Quelques minutes après notre arrivée, un premier candidat se présentait. Cécile enregistra son nom et ses coordonnées : Séraphin Ledru, âgé de vingt-trois ans, célibataire, qui prétendit *savoir tout faire*. Je fis asseoir sur un escabeau, contre le mur, ce colosse à la démarche lente, timide et taciturne, et clic, clac ! Il m'avoua que c'était la première fois qu'on le prenait en photo. Cécile l'invita à parcourir l'exposition pour se faire une idée.

Il se présenta ensuite un maigrichon, chômeur, veuf avec trois enfants. Cécile le renvoya en lui disant qu'on lui écrirait le cas échéant.

Le troisième candidat, Armand Guinot, trente ans, vannier sans emploi, veuf et sans enfants, était de petite taille, ce qui l'avait exempté du service, mais fin de visage et fort poli. Je tirai son portrait.

Le suivant n'avait rien d'un don Juan : il louchait et zézéyait ; ancien ouvrier des pompes funèbres, sans travail depuis peu, il pouvait faire *n'importe quoi* ; on le récusa.

Vinrent ensuite deux jumeaux qui avaient l'apparence de merles déplumés ; ils souhaitaient s'établir à la campagne, sans se séparer, et donc ne pas convoler. Cécile les congédia d'un ton abrupt.

Nous commencions à désespérer quand nous avons vu arriver, le mégot aux lèvres, casquette sur l'oreille et mains dans les poches, André Delord, qui se faisait appeler Dédé. J'avais rencontré au Café de Paris ce beau garçon aux allures de petite frappe. Âgé de vingt ans, il avait échappé à la guerre et se trouvait sans profession. Cécile l'aurait récusé mais Sylvaine insista pour qu'il fût retenu.

Le candidat suivant fit impression. Clément Vizerie était un de ces mutilés de guerre qu'on appelle des *gueules cassées*. En seize, un éclat d'obus l'avait défiguré. Si le côté droit de son visage avait conservé un aspect normal, l'autre était dissimulé sous un masque de cuir. Il exerçait, avant la guerre, le métier de forgeron. Nous nous concertâmes d'un regard avant de décider de l'agréer. En le photographiant, je pris son bon profil.

D'autres hommes vinrent faire acte de candidature. Quelques-uns furent agréés, d'autres mis en instance, d'autres encore recalés pour diverses raisons tenant surtout au fait qu'ils n'auraient pas trouvé à s'employer dans notre communauté.

Ceux que nous avions retenus – une poignée –, nous les laissâmes examiner les photos de nos concitoyennes afin que, le moment venu de la rencontre, ils puissent aller vers l'élue de leur choix. J'avais fait en sorte que nos femmes apparaissent sur les photos dans leur naturel, sans falbalas, si bien que cette exposition avait un aspect ethnologique qui pouvait prêter à sourire. J'aurais pu lui trouver un titre. Par exemple : *Quelques types de femmes du bas pays limousin.*

J'observai que le forgeron, Clément Vizerie, avait marqué un arrêt devant la photo de ma sœur Flavie, en train de travailler à sa machine à coudre Singer, que Cécile et moi lui avions offerte pour les débuts de son activité de couturière indépendante. Il me demanda des détails sur elle : son âge, sa situation de famille, son état de santé.

— Cette jeune personne me conviendrait, dit-il d'un air désabusé, mais je doute qu'elle veuille de moi.

Le colosse, Séraphin Ledru, se montra entreprenant avec Cécile. Il lui demanda si elle faisait partie du *lot.*

— Vous me plaisez bien, lui dit-il. Si vous êtes libre...

— Je le suis, dit Cécile, mais je me contente de travailler à l'organisation de cette rencontre. Vous aurez bientôt l'occasion de faire votre choix *de visu*...

Dans la soirée, alors que nous prenions un verre au Café de Paris, Cécile m'avoua qu'elle avait profité d'un moment de liberté pour aller vérifier la nouvelle que lui avait livrée un collègue de Brive. Il lui avait révélé que Fred Moreau, son ancien amant, de retour depuis l'armistice, avait repris son métier de typographe, pensait fonder sa propre imprimerie et se marier.

Elle avait failli tomber en syncope en apprenant cette nouvelle. Fred ne lui avait donné signe de vie qu'à deux reprises, depuis son départ aux armées, par l'intermédiaire de son ami et compatriote Henri Fabre, patron de presse à Paris. Anarchiste et insoumis, il avait eu des ennuis avec la justice militaire, avant de se fondre dans la tourmente. Ils avaient rompu avant son départ, le jour où elle lui avait reproché ses opinions. Depuis, plus de nouvelles de lui.

— S'il n'y avait pas eu cette brouille entre nous, me dit-elle, s'il avait oublié mes sarcasmes, je crois que nos relations se seraient poursuivies, mais il y avait ton frère, et lui je l'ai aimé, vraiment.

Ce jour-là, pour tenter de le revoir, elle s'était arrêtée devant le magasin de chaussures qui fait face à l'ancienne imprimerie communiste de la rue de Corrèze, et avait fini par l'apercevoir.

— Ça m'a fait un choc lorsque je l'ai vu devant sa casse, vêtu de sa blouse noire, sa cigarette aux lèvres et son composteur à la main. J'ai dû me maîtriser pour ne pas aller vers lui.

Elle s'était rendue ensuite, à quelques pas de là, devant la boutique de journaux tenue par une veuve de guerre, Flavie Broussou, celle que Fred, aux dires du collègue de Cécile, avait l'intention d'épouser. Elle avait près d'elle le garçonnet que son mari lui avait laissé avant d'aller se faire massacrer dans les premiers mois de la guerre. Elle lui avait acheté une revue, *Cinéma-Éclair.* C'était, m'a-t-elle dit, une belle femme, avec le teint légèrement basané d'une paysanne venue chercher fortune à la ville.

— Cette double rencontre, a ajouté Cécile, m'a bouleversée mais soulagée d'un doute. Je me suis sentie libre désormais, sans le moindre engagement sentimental. Heureusement, tu es toujours là, Malvina, ma sœur, ma seule famille, avec mon fils.

— Tu oublies Sylvaine.

— Sylvaine, oui, bien sûr, mais elle est chez moi comme l'oiseau sur la branche. Il suffirait d'une brouille pour qu'elle m'abandonne.

Sylvaine m'a raconté la séance mouvementée, à Sainte-Thérèse, au cours de laquelle quelques femmes avaient été confrontées, par l'image, aux postulants

— Fallait entendre leurs commentaires et leurs éclats de rire. On se serait cru au cinéma ambulant durant un film de Charlot. Il leur a fallu du temps pour se faire une idée, sinon un choix, parmi ces portraits d'hommes. Celui qui a eu le plus de suffrages, c'est Séraphin Ledru. Il aurait pu se constituer un harem !

Elle a demandé à Flavie vers qui allaient ses préférences. Ma sœur ne lui a pas caché que Clément Vizerie aurait bien fait son affaire. Sylvaine lui a révélé qu'elle ne voyait qu'un profil de cet homme, mais que l'autre...

— Pour tout te dire, Flavie, c'est une *gueule cassée.* Le côté gauche de son visage ne doit pas être beau sous son masque de cuir.

— Faut voir..., a soupiré Flavie. J'ai rien, moi non plus, d'une étoile du cinéma. S'il est sérieux et gentil, pourquoi pas lui ?

— Je ne voudrais pas te donner une fausse joie, mais je crois que lui aussi en pince pour toi. Il a vu ta photo, à Brive, et il a voulu tout savoir de toi.

La Jacotte faisait la difficile et trouvait tous ces mâles *laids à pleurer,* sauf peut-être Séraphin Ledru. Thérèse Delpeyroux s'était attardée sur le portrait du vannier, Armand Guinot, et Alice, la postière, fille de l'ancien meunier Bernède, devant celui d'André Delord, que Cécile appelait le *marlou.* Restait à savoir si cette opération de séduction aurait ou non des conséquences bilatérales.

Cécile avait mis fin à la séance de présentation en annonçant la nouvelle que toutes attendaient : celle de la rencontre. Ce serait pour la fin janvier. Restait à trouver l'endroit adéquat : la cour de la mairie comme pour les louages de journaliers de jadis ? le bistrot de la Jeanne ? une grange abandonnée ? Rien ne pressait. La décision viendrait à son heure.

Cécile songeait à un repas et Sylvaine à un bal. On aurait les deux. Les femmes apporteraient la nourriture et Jeantounet, le fils de Bernède, son accordéon. On pourrait le relayer avec le phonographe.

— Je crains, dit Emma, que notre curé prenne ombrage de ce projet et ne vous crée des ennuis. De même pour le maire : il nous reprochera de ne pas l'avoir informé.

— Le curé, dit Cécile, je m'en charge.

— Et moi, dit Sylvaine, je préviendrai le maire. Je ferai auprès de lui une démarche *officielle.* D'ailleurs il doit être déjà informé par la rumeur publique, mais il n'en a rien dit. Nous pourrions l'inviter au repas. Pas au bal ! il aurait des comptes à rendre avec qui vous savez...

Afin de donner un caractère plus officiel à sa démarche et pour éviter les sarcasmes de son épouse, Sylvaine choisit de demander à Joffre une audience dans les formes. Elle lui rendit visite vêtue de la robe des dimanches de Cécile et soigna sa coiffure. Il déploya son sourire le plus séduisant, lui baisa la main et la pria de s'asseoir dans son bureau.

— J'espère, dit-elle, que madame votre épouse ne vous a pas tenu rigueur de la location du tracteur qui, soit dit en passant, nous a rendu de grands services.

Il éclata de rire.

— Mon épouse ? Vous plaisantez, chère amie ? Dans ma famille, ce sont les hommes qui portent culotte. Je vous ai vue sur le tracteur. Un tableau impressionniste, un Millet en avance sur son temps.

— C'est un engin capricieux, mais j'ai vite appris à le dompter. Nous vous le rendrons en bon état de marche quand vous en aurez besoin. Quant au montant de la location...

— Tsss... tsss... Rien ne presse. Nous en reparlerons. Je suppose que votre visite a d'autres buts que mon tracteur et le règlement des arriérés. Je vous écoute.

Il se renversa dans son fauteuil, tira une gauloise bleue du paquet qu'il avait sur son bureau, en proposa une à Sylvaine qui l'accepta. « Il fait son ministre... », se dit-elle.

— Je suppose, monsieur le maire, que vous avez été informé du projet envisagé par un groupe de veuves et de célibataires, en vue de redonner vie à votre commune.

— Je l'ai été, en effet, mais par la rumeur publique. Je regrette de ne l'avoir pas été en premier. Vous en ferez part à qui de droit.

Sylvaine alluma sa cigarette au briquet qu'il lui tendit et tira une première bouffée avant d'ajouter :

— Si vous ne l'avez pas été, monsieur le maire, c'est que le projet n'était pas mûr. Aujourd'hui qu'il l'est, vous êtes le premier à l'apprendre *officiellement.*

Il gomma du plat de la main le sourire de fatuité esquissé sous ses moustaches.

— Fort bien, chère amie. Je vous remercie de cette délicate attention et je souhaite que cette idée prenne corps. Pourtant, permettez-moi de vous dire que je l'ai trouvée ridicule et que je n'ai pas cru à sa réussite. Mais, puisque vous me dites qu'elle est en train de prendre corps, je regrette mes préventions et vous souhaite bonne chance. Que puis-je faire pour vous aider ?

— Nous avons prévu d'organiser, avec votre accord, une petite fête, avec un repas et une sauterie : ce sera le bal des célibataires, en quelque sorte.

— Un repas... une sauterie... Eh, eh ! cette idée me semble excellente. J'aurai plaisir à assister à cette rencontre originale. *La Dépêche* va sûrement en parler. Peut-être même les journaux de Paris. Excellente publicité pour notre commune...

— ... et pour vous aussi, monsieur le maire. Les élections approchent.

— C'est une question secondaire. Où se tiendra cette fête ?

— Nous avons pensé au café de Jeanne, mais la salle n'est pas assez vaste. Le préau de l'école laïque conviendrait, mais il serait difficile d'avoir l'accord de l'Académie. Quant à la salle des mariages...

— Pas question ! Cela mécontenterait certains de mes administrés un peu tatillons. En revanche... Connaissez-vous la maison Perrichon, derrière l'église ? Le propriétaire est mort sur le front et, depuis, cette grande bicoque est abandonnée. Je possède les clés. Si cette solution vous agrée, je vous préviens : il y aura du ménage à faire pour transformer ces lieux en salle des fêtes !

— Peu importe ! Nos femmes s'en occuperont. En leur nom, je vous remercie, monsieur le maire. Vous ferez-nous l'honneur de votre patronage et de votre présence ?

— Pour le repas, vous pouvez compter sur moi. Quant au bal, hum ! je préfère m'abstenir.

Sylvaine écrasa sa cigarette dans le cendrier et sourit :

— Je vous comprends, monsieur le maire.

— Revenez et tenez-moi au courant de cette affaire. Nous bavarderons. J'ai beaucoup de choses à vous dire, madame.

— Ce sera un plaisir.

— Tout le plaisir sera pour moi.

Il se leva. Elle l'imita. Alors qu'elle prenait congé, il lui prit la main et la porta à ses lèvres. Quand il entendit frapper à la porte, il sursauta. Alice, la postière, lui tendit un télégramme. L'ayant lu, il dit à Sylvaine :

— Chère amie, vous serez la première à apprendre la grande nouvelle : le géomètre de la Compagnie d'électricité arrive demain. Je ne l'attendais pas de sitôt. L'ennui, c'est que je suis retenu à Tulle pour la journée par une réunion du Conseil général et que je ne pourrai pas me trouver à la gare pour l'accueillir. Mon adjoint est indisponible et ce pauvre Bancarel ferait mauvaise impression. Alors, pourquoi pas vous ?

— Vous plaisantez, monsieur le maire ? Il trouvera bizarre qu'une femme... Et qu'est-ce que je pourrais lui dire à ce monsieur ?

— Rassurez-vous, ma chère enfant. Les ingénieurs sont des puits de science et ont toujours des choses à raconter. Surtout aux dames...

4

Monsieur l'ingénieur

Le voyageur descendit sur le quai, posa sa grande valise de cuir à ses pieds, alluma une cigarette et, en parcourant du regard les collines dominant la gare, où achevait de fondre une neige grasse, sa canne sous le bras, enfila ses gants. Il était vêtu d'un long manteau bleu roi, coiffé d'un feutre rond et chaussé de bottines à sous-pieds. Surpris de ne voir personne pour l'accueillir, alors qu'il avait pris la précaution de prévenir le maire par télégramme, il reprit sa valise et sortit de la gare en se disant qu'il allait descendre jusqu'au centre du village, boire un grog dans une auberge et, par téléphone, prévenir le maire de Saint-Roch de son arrivée. En attendant la voiture, il aurait le temps de visiter Collonges dont il avait vu des images dans le hall de la gare d'Austerlitz.

Comme pas un autre voyageur n'était descendu du tortillard, il ne se demanda pas à qui pouvait être réservée la carriole stationnée sur le bord de la route, attelée d'un âne et conduite par une jeune et jolie paysanne. Il s'approcha pour demander à la conductrice s'il y avait un café dans le centre. Elle lui dit en mettant pied à terre :

— Monsieur l'ingénieur, c'est vous ?

— Robert Le Floch, pour vous servir, madame.

— Alors c'est vous que je viens chercher, de la part de monsieur le maire. Il a une réunion à Tulle. Nous ne sommes qu'à une demi-heure de Saint-Roch. Si vous voulez monter...

Avant même qu'il eût répondu, elle prit sa valise et la déposa à l'arrière.

— J'aurais aimé visiter la « Ville rouge », comme on dit dans les syndicats d'initiative, mais j'ai hâte de trouver une chambre pour me reposer. Le voyage depuis Paris est éreintant et votre petit train n'a rien de l'Orient-Express.

Il dit en prenant place sur la banquette :

— Seriez-vous l'épouse de M. Joffre ? Sa fille, peut-être ?

— Ni l'une ni l'autre, monsieur. Le maire m'a demandé un service. J'ai eu plaisir à le lui rendre.

— Ce plaisir, je le partage. Joffre n'aurait pu faire un choix plus agréable. Vous êtes charmante, madame.

Il faillit ajouter « pour une paysanne », mais se ravisa. Cette jeune femme, sous sa grande cape noire et son large chapeau d'homme, avec ses traits délicats, son regard à la fois vif et profond et l'assurance que trahissait le ton de sa voix, échappait à cet amalgame. Il n'osa solliciter d'autres détails sur elle et lui demanda simplement s'il trouverait une chambre chauffée à l'auberge de Saint-Roch. Sylvaine s'esclaffa :

— Une auberge, à Saint-Roch ? S'il y en avait une, elle ferait vite faillite. Qui voulez-vous qui s'arrête dans ce village perdu ? Il n'y a rien à voir, à part de vieilles pierres.

— Vous m'inquiétez ! Le maire n'aurait-il rien prévu pour mon hébergement ?

— Je l'ignore. En tout cas il ne m'en a rien dit.

Il parut s'énerver, alluma une cigarette et resta un moment songeur, le regard perdu sur l'immensité des massifs forestiers saupoudrés d'une neige légère.

— Votre bourricot, dit-il d'un ton sec, il ne pourrait pas prendre le trot ? Nous risquons d'être frigorifiés avant d'arriver.

— C'est une vieille carne, monsieur, mais je n'ai rien d'autre à vous offrir. Il n'y a qu'une voiture automobile à Saint-Roch, la Panhard de monsieur le maire, mais il s'en est servi pour aller à Tulle. Hue, Coquin !

— Si je m'attendais à ça... Le temps de m'organiser, il faudra donc que je loge chez l'habitant. Où se situe l'auberge la plus proche ?

— À Meyssac où nous arrivons.

— Mais c'est au diable vauvert ! Je ne vais pas faire le trajet aller et retour toutes les vingt-quatre heures. Décidément, mon séjour se présente mal. J'avais froid dans ce wagon pas chauffé, je gèle sur pied dans ce char à bancs, et voilà que je vais peut-être coucher dans une grange ! Il va m'entendre, le père Joffre. Et ça vous fait rire !

— Pardonnez-moi. Personne ne vous laissera coucher dans une grange. Le maire pourra vous héberger. Il a une grande maison et une épouse délicieuse. Le maire ou quelqu'un d'autre...

Ils bavardèrent tout le restant du trajet.

Décrispée, Sylvaine lui parla de la petite communauté de Saint-Roch, qui, question progrès, avait pris du retard par rapport à d'autres communes : chemins mal entretenus, services municipaux réduits, église menaçant ruine...

— Cette commune n'a, si l'on peut dire, qu'un titre de gloire : détenir le record des morts de la guerre de tout le canton. Dieu sait pourquoi.

Elle ajouta, passant du coq à l'âne :

— Ainsi, monsieur Le Floch, vous nous apportez l'électricité.

Ce fut à son tour de rire.

— Comme vous y allez, madame...

— Sylvaine Morillon. Je suis étrangère à la commune. Vous pouvez m'appeler par mon prénom.

— L'électricité, je ne l'apporte pas dans cette valise, comme un magicien. Il va falloir des mois avant que vous ayez de la lumière en appuyant sur un bouton. Cette valise ne contient que de la paperasse : correspondance administrative, rapports, dessins...

Il ajouta avec une marque ostensible d'intérêt :

— Vous avez dit « étrangère » ? Nous allons donc être deux. Parlez-moi de vous. À vrai dire, vous n'avez pas l'allure d'une paysanne de la Corrèze.

— J'en suis une, pourtant, même si ça ne se voit pas trop, mais pas d'ici.

— Pardonnez ma curiosité, Sylvaine. Si vous vouliez m'en dire plus sur vous, le chemin me paraîtrait moins long. Je suis curieux de nature.

En traversant Meyssac par une large avenue bordée de maisons de grès rouge, il la fit s'arrêter devant l'Hôtel des Voyageurs pour boire un vin chaud. Elle lui raconta sa vie en Lorraine, sa guerre, sa condition de veuve accrochée à son petit domaine agricole, son départ, « un peu au hasard », pour la Corrèze, son hébergement par Cécile, l'institutrice, devenue son amie.

— J'ai lu dans une gazette, au début de la guerre, lui dit-il, que Saint-Roch était le théâtre d'un conflit entre l'école laïque et « celle des curés », comme on dit. Autant qu'il m'en souvienne, le journaliste parlait d'une « petite Vendée ». Votre institutrice...

— Cécile était en première ligne. Elle m'a raconté sa lutte pour imposer son école. Elle y est parvenue, mais non sans mal. Aujourd'hui, le calme est revenu. Cécile et la directrice de Sainte-Thérèse sont devenues amies.

Lorsqu'ils sortirent des *barrys,* les bas quartiers de Meyssac, il neigeotait dans la tombée du jour. Sylvaine proposa une couverture dont l'ingénieur s'enveloppa de la tête aux pieds. La carriole s'engagea sur la grand-route menant à Beaulieu, puis bifurqua vers Branceilles à travers un aimable paysage vallonné, doux et bleuté comme une carte de vœux, avec, ici et là, des castelets émergeant des premières brumes du soir.

Alors que le clocher et le château, du bas de la côte menant à Saint-Roch, se dessinaient sur un ciel de plomb, l'ingénieur se sentit repris par son inquiétude.

— J'ai été ravi de cette équipée et de notre entretien, dit-il, mais j'en suis au même point : où vais-je coucher ce soir ?

— Nous allons y réfléchir. En attendant, je vais vous conduire chez Cécile. C'est dans un hameau proche du village : les Bories-Hautes. Je vous ferai réchauffer un peu de soupe. Vous devez avoir, comme on dit ici de ceux qui ont faim, la conscience basse.

Il fallut des cris et la menace du fouet pour que Coquin résistât, dans la montée, à la tentation de grignoter des chardons.

— Faut pas en vouloir à notre bourricot, dit Sylvaine. Il est vieux et manque d'énergie.

— Vous, Sylvaine, en revanche, vous semblez en avoir pour deux.

— Il m'en faut pour aider Cécile, être à la fois au four et au moulin, je veux dire travailler la terre et préparer les repas. Mais je me plains pas. Chez moi, en pleine guerre, c'était pire, vous comprenez ?

Comme la carriole traversait la place, l'ingénieur montra du bout de sa canne l'enseigne : *Chez Jeanne, café-restaurant.*

— Elle a peut-être des chambres. Arrêtons-nous.

— Inutile. Elle vit seule et n'a pas de chambre à louer. Ne vous tracassez pas. Nous trouverons une solution. Cécile doit être rentrée de son école.

Robert Le Floch venait juste de poser sa valise dans la cuisine lorsque Cécile y entra, rose de froid, après être allée donner leur pâture aux lapins. Elle resta un instant bouche bée, essuyant ses mains à son tablier.

— Pardonnez mon sans-gêne, dit-il. J'aurais eu mauvaise grâce de refuser l'invitation de votre amie, mais je ne resterai que quelques minutes, le temps de me réchauffer.

— Sylvaine a eu une bonne idée. Faites comme chez vous. Ce sera bientôt l'heure du souper. Vous le partagerez avec nous, si le cœur vous en dit. Quand il y en a pour trois, il y en a pour quatre, c'est le cas de le dire, mais je vous préviens : ce sera à la fortune du pot.

— Ne vous tracassez pas pour moi. De par mon métier, j'ai l'habitude des logements modestes, parfois des taudis, mais ce n'est pas le cas ce soir. Le temps de manger un peu de soupe et je me mettrai en quête d'un logement pour la nuit.

— J'ai pensé, dit Sylvaine, que...

— ... que vous pourriez loger ici cette nuit, reprit Cécile. Nous avons au premier une chambre inoccupée. Elle a une petite cheminée. Ainsi, vous n'aurez pas froid.

Petit-Pierre leva le nez de ses devoirs et demanda qui était ce monsieur.

— Un invité, dit Cécile. Comme il n'y a pas d'auberge au village, il couchera ici ce soir.

— Qu'est-ce qu'il vient faire chez nous ?

— Il nous apporte la lumière, dit Sylvaine.

Cécile avala sa soupe, se leva, annonça qu'elle allait s'absenter pour ses cours du soir, et qu'elle en dispensait son amie. Elle dit en plaisantant :

— Je vous laisse en tête à tête. Tâchez d'être sérieux...

Sylvaine était aux anges. Partager son souper avec cet homme important, distingué et disert, au visage soigné, orné de fines moustaches comme desssinées au crayon Conté, lui donnait des ailes. Elle monta de la cave en son honneur un cou d'oie farci aux truffes, un bocal de cerises à l'eau-de-vie et une bouteille de liqueur de genièvre. Elle monta préparer la chambre du premier et faire du feu dans la cheminée.

Quand elle redescendit, il était en train de regarder la photo de Pierre et d'Auxence trônant sur la cheminée. Il lui demanda qui étaient ces deux soldats.

— C'est toute une histoire, soupira-t-elle. Je vous la raconterai peut-être un jour. Voulez-vous que je passe un disque ? Tenez : *La Carmencita.* Un tango... Des fois, avec Cécile, nous dansons sur cet air. C'est agréable, mais ça me rend triste.

Elle ajouta :

— Le Floch... C'est un nom étranger ?

— Pas exactement : breton.

Il lui parla de l'endroit où il était né et avait passé son enfance : Port-Navalo, dans le Morbihan, à l'extrémité de la presqu'île de Rhuys, avant d'aller faire ses études à Paris. Il parut gêné quand elle lui demanda s'il avait été à la guerre. Il avala son verre de genièvre et murmura :

— J'y étais, oui, et elle a failli mal finir pour moi. Si nous en avons le loisir et si cela vous intéresse, je vous en parlerai, malgré ma répugnance. J'ai dû, pour rejoindre mon unité, interrompre des études supérieures qui me passionnaient.

Elle demanda naïvement :

— Supérieures, ça veut dire que vous êtes aussi un homme *supérieur* ?

Il eut un rire discret avant de répondre :

— Non, Sylvaine, je n'ai pas cette prétention. Ce sont les études qui le sont.

Quand elle lui demanda de lui parler de Paris, il leva les yeux au plafond, haussa les épaules, lui dit qu'il faudrait une nuit pour lui raconter la vie qu'il menait dans une pièce unique, une mansarde de la rue Saint-Martin, proche du Conservatoire des arts et métiers. Elle eut envie de lui répondre « chiche ! », mais elle se dit qu'il eût été indécent de le forcer à la confidence. Elle aurait passé, me dit-elle plus tard, la nuit entière à écouter ce personnage venu d'une autre planète, à imaginer le monde esquissé par ses propos, à voir bouger ses lèvres sous les moustaches sombres et nettes.

Fatigué sans doute et pressé de se coucher, il se borna à des banalités : l'Exposition universelle de 1900, qu'il avait visitée avec son père, la tour Eiffel, les salons de l'automobile, les matches de tennis féminin qui l'avaient passionné, les promenades du soir sur les Grands Boulevards... Elle savourait ce reliquat de nostalgie et frémit quand, posant sa main sur la sienne, il lui dit :

— Sylvaine, Paris est le plus bel endroit du monde pour les amoureux. Je vous souhaite d'y aller un jour, d'y vivre peut-être.

— J'en doute, murmura-t-elle. Je suis veuve, comme beaucoup de femmes de cette commune, et sans la moindre fortune. Alors, Paris, l'amour, c'est pas pour moi.

Elle parut sombrer dans son silence, souleva l'aiguille du phonographe qui grinçait, puis lança avec vivacité, comme si elle s'éveillait soudain :

— Encore un verre de genièvre, Robert ! C'est de notre fabrication. Il m'arrivait d'en faire, en Lorraine. Comme ici on manque pas de genévriers, j'ai continué.

— Merci, dit-il. J'en ai déjà bu deux verres. Avec un troisième, vous devriez m'aider à gagner ma chambre.

— Ce serait un plaisir, dit-elle.

Depuis le jour où Flavie a reçu dans son atelier, pour la confection d'une robe de novice, la petite Angélique Duroux, elles sont devenues amies. Ma sœur m'a confié que la condition de cette gamine l'avait intriguée et *attendrie.*

— Cette entrée au couvent est une lubie de sa mère, une des menettes qui chantent aux messes du dimanche. Je me disais qu'Angélique était victime d'une tyrannie familiale et qu'elle se révolterait un jour. Eh bien, pas du tout ! Elle a accepté cette décision sans sourciller.

— Une robe de novice, quelle idée ? On se chargerait bien, au couvent, de lui en fournir une.

Flavie a fouillé dans les liasses du *Journal de la mode,* des catalogues de la Samaritaine qui encombrent sa table de travail, ses étagères, ses chaises et inondent le parquet. Je l'ai entendue bougonner :

— Robe de novice... Où veut-elle que je trouve un modèle ? J'ai cherché partout, dans cette paperasse, sans rien trouver. S'il s'agissait d'une robe de bal, je pourrais lui proposer cent modèles, mais une robe de novice... Je vais être obligée d'improviser. Mais, après tout, du moment que je suis payée, le reste m'est égal.

Elle a demandé à Angélique si elle ne se trouvait pas un peu jeune pour *faire religieuse.* La gamine lui a répondu qu'il n'y a pas d'âge pour se fiancer au Christ. C'était son idée fixe. Flavie a insisté : n'avait-elle pas rêvé d'une relation terrestre, d'un petit ami qui lui ferait vivre un grand amour ? Elle a rougi et s'est abstenue de répondre. Sujet tabou entre elle et sa mère.

— En l'écoutant me parler de sa vocation, c'est

sa mère qu'il me semblait entendre : même conviction inébranlable, mêmes termes... J'ai l'impression qu'Angélique n'est pas encore née, qu'elle est toujours dans le ventre de sa mère, dépendante d'elle en tous points. Tu comprends ça, toi qui es intelligente ?

Je le comprenais d'autant mieux que j'avais moi-même, poussée par une curiosité qui tient à ma profession, tenté d'approcher et de sonder ce personnage évanescent qui devait être, comme on le dit de certaines saintes, sujet à des phénomènes de lévitation.

Flavie m'a raconté, peu de temps après :

— Lors du premier essayage, j'ai ressenti une vive émotion. Angélique, dans ce nuage blanc, était d'une beauté, comment dire ? séraphique, et semblait avoir revêtu sa tenue d'éternité. Ce sont des clientes de Souillac qui m'ont dit ça. Après s'être rhabillée, elle m'a offert une carte de première communion représentant son fiancé, le Christ. Il semblait, sous les rayons lumineux qui tombaient du ciel, en train de prendre une douche. J'ai failli éclater de rire.

— À propos de fiancé, lui ai-je dit, est-ce que tu as fait un choix dans mes photos de célibataires ?

Elle a rougi avant de répondre :

— Je vais te faire une confidence : je t'ai volé celle qui représente Clément Vizerie.

— La gueule cassée ?

— Ne dis pas ça ! C'est une expression que je déteste. Je sais qu'il porte un masque de cuir pour cacher ses blessures, mais il est beau et il a l'air aimable. J'ai montré son portrait à Angélique. Elle l'a trouvé séduisant, elle aussi, parce que tu as pris le profil intact. Elle m'a dit : « Nous avons, toutes les deux, beaucoup de chance. »

Pour Emma Berthier, ce fut une surprise, et de taille, au point qu'elle avait de la peine à tenir debout.

Alors qu'elle était en train de déjeuner, elle avait vu, par la porte ouverte, surgir un fantôme qui ressemblait étrangement à l'abbé Brissaud, ancien curé de Saint-Roch avant la venue de Calmel. Elle se crut victime d'une hallucination. Comme l'évêché n'en avait pas reçu de nouvelles, il passait pour mort à la guerre, dans ses fonctions d'aumônier militaire.

Il s'approcha d'elle en souriant, bras ouverts.

— Mon enfant, ma bonne Emma, on ne reconnaît pas son vieux curé ? Ai-je changé à ce point ?

— Vous..., bredouilla-t-elle. C'est bien vous ? On vous croyait...

— ... mort ? Eh bien non, vous le voyez. Le bon Dieu n'a pas voulu de moi. À croire qu'il me réserve encore quelques missions dans cette vallée de larmes. Il est vrai que j'ai changé. Quand on revient de l'enfer on n'est plus le même homme, et je ne parle pas seulement du physique... Revenir de l'enfer, pour un ministre de Dieu, avouez que ce n'est pas banal.

— Puisque vous étiez vivant, pourquoi n'être pas revenu plus tôt dans votre paroisse ? Nous vous attendions.

Elle l'invita à s'asseoir et à partager son repas. Il ne fit pas de manières, se servit un verre de vin et poursuivit :

— J'étais à ce point obsédé par le doute et soucieux d'oublier toutes les horreurs dont j'ai été le témoin que j'ai jugé nécessaire de faire un séjour dans une Trappe de Vendée. Je vais vous faire une confidence, ma bonne Emma : il m'est arrivé de reprocher à Dieu de m'avoir laissé vivre.

— Ne dites pas cela ! Si Dieu vous a épargné, c'est qu'il a jugé que vous êtes digne de sa confiance et qu'il a encore besoin de vos services. Nous allons faire en sorte que vous repreniez goût à la vie et à l'action. Vos menettes ne vont pas tarder à fêter votre retour et à vous harceler, moins pour prendre de vos nouvelles que pour débiter leurs commérages.

Elle ajouta à voix basse, comme pour elle-même :

— Dieu me pardonne... Ces vipères, je les déteste...

C'est Emma elle-même qui m'a raconté cette scène.

Elle a bien changé, elle aussi, depuis le temps où elle avait engagé le fer avec Cécile, cette *laïque* qui allait, du moins le redoutait-elle, lui ravir des élèves pour les embrigader dans son école sans Dieu.

Agressive au début, elle avait mis peu à peu du vin dans son eau bénite, préféré le Nouveau Testament à l'Ancien, brandi le rameau plus que l'épée. Ces deux enseignantes avaient appris, en dépit de la pression de l'abbé Calmel et des menettes, à se connaître, à se comprendre et à s'estimer. Elles avaient partagé pain de tolérance, qui avait le goût de l'amitié. Emma avait tiré à la longue les leçons du conflit picrocholien qui les avait opposées, et s'était tenue à l'écart de cette minorité fanatique, dont le comportement et les propos rappelaient l'Inquisition. Elle s'était heurtée à un mur d'incompréhension et d'hostilité qui l'avait amenée à cette conclusion : mal interprétée, la religion peut devenir un poison mortel pour une société. Les menettes, quant à elles, paraissaient immunisées.

Au lendemain de la nuit passée aux Bories-Hautes, le premier soin de l'ingénieur en électricité avait été de rendre visite au maire pour lui dire son fait. Au retour, très animé, il dit à Sylvaine :

— Je lui ai servi son paquet ! Il a failli en faire une crise d'apoplexie. À l'en croire, il avait autre chose à faire qu'à s'occuper du logement des employés de la Compagnie. Je trouverais, m'a-t-il dit, une chambre à l'hôtel des Voyageurs, à Meyssac. Me voilà le bec dans l'eau. Et ça semble vous amuser !

— Faites excuses, monsieur l'ingénieur. C'est que j'imagine la scène. Faut pas dramatiser, allez. Vous vous plaisez chez nous ? Eh bien, vous pouvez y rester. J'en ai parlé avec Cécile. Elle est d'accord. Ne dites pas non, ça nous vexerait.

Il balbutia :

— Vraiment, Sylvaine ? Je ne voudrais pas abuser de votre hospitalité... Merci de tout cœur. Pour le loyer, vous me ferez une proposition. Elle est acceptée d'avance.

— Arrangez-vous avec Cécile. Moi, je suis un peu comme vous, une locataire et, de plus, domestique. Et je m'en plains pas.

En revenant de ranger ses affaires dans sa chambre, il trouva Sylvaine retour de la grange avec des patates pour la soupe. Il se proposa de l'aider, avant de faire le tour de la commune, *en touriste*. Elle protesta en riant :

— M'aider à faire la popote ? Vous rigolez ? Monsieur l'ingénieur à la corvée de pluches... Si Malvina était là, elle pourrait faire une photo.

Il demanda qui était Malvina. Sylvaine lui a parlé de moi, ajoutant que j'étais *une jolie fille, intelligente et bien notée par ses supérieurs.* Il ne tarderait pas, lui dit-elle, à faire ma connaissance.

En revenant de sa promenade, Robert Le Floch raconta à Sylvaine qu'il avait croisé, devant la mairie, un vieux prêtre en train de parler à Joffre. Après que le maire les eut présentés, le curé s'était gratté le menton en disant qu'il l'avait déjà vu, mais sans se souvenir du lieu ni de la date.

— Je lui ai répondu que je ne voyais pas où nous aurions pu nous rencontrer, peu assidu à confesse que je suis, et qu'il était sans doute abusé par une ressemblance. Il a persisté en disant qu'il était sûr de son fait et qu'il finirait bien par ranimer sa mémoire défaillante.

L'ingénieur ajouta :

— Je vois que nous n'avez pas encore épluché vos patates. Laissez-moi faire. Ça me rappellera les corvées de pluches de la roulante, dans le bruit du canon. J'ai appris à couper la peau très fine. Regardez...

— Eh bien, monsieur l'ingénieur, nous vous prenons à l'essai. Si vous avez d'autres talents en matière de cuisine, ils seront les bienvenus, d'autant que Cécile serait d'accord pour que vous restiez chez elle en pension complète. Elle a ajouté que ça nous ferait un peu de compagnie. Quant à Petit-Pierre, je vous dis pas ! Il vous prend pour un magicien qui cache la Fée Électricité dans sa valise...

Les hommes de peine de la Compagnie se présentèrent à Saint-Roch au début de la semaine suivante. Dans l'impossibilité où la commune était de les héberger, ils logeraient à Meyssac et à Collonges, où une camionnette les conduirait le soir, et les ramènerait le matin sur les chantiers.

Ils arrivèrent en même temps qu'un convoi de poteaux de bois venus par chemin de fer des forêts d'Auvergne et du plateau de Millevaches. Il fallut, pour les transporter sur place, réquisitionner des charrettes et des attelages de bœufs. Ça n'avait pas été une petite affaire. Durant deux jours, la vie du village en avait été bouleversée.

J'assistai à la manœuvre du haut du champ qui domine le bourg, alors que j'aidais Sylvaine à faire des semis. Grâce au tracteur et sur les conseils d'un voisin de la Jarousse, elle avait accompli un véritable travail de professionnel du labour, comme on en voit sur les affiches de publicité pour matériel agricole : des sillons réguliers et profonds, un hersage d'une netteté parfaite. On eût dit qu'elle avait conduit des tracteurs depuis toujours. Elle avait même appris, grâce à Jeantounet, un peu de mécanique. Si une panne survenait, ce qui était fréquent, elle n'hésitait pas à patouiller dans la graisse et l'huile pour en venir à bout.

Il faisait un beau temps de cristal qui annonçait le printemps. La vallée, lavée par la pluie nocturne, scintillait de tous ses ors et de tous ses cuivres, comme la châsse de saint Roch que le curé sort de son placard pour la procession. En vagabondant hors de son lit, la Gane avait éparpillé dans les prairies riveraines des éclats de miroirs brisés. Le vent du Cantal qui caressait mon visage portait encore une odeur de neige alternant avec celle de la terre humide et grasse qui collait à nos sabots.

Dans les jours qui suivirent, Cécile et Sylvaine ne revirent l'ingénieur que le soir, appelé qu'il était dans des écarts éloignés du bourg. Lorsque c'était le cas, Sylvaine lui préparait un *cantinou* de soupe qu'il réchauffait entre deux pierres, du pain, du fromage et une chopine. Cela me rappelait les *mérindés*, ces méridiennes préparées par la Maïré, que Flavie et moi apportions à Pierre lorsqu'il fanait ou moissonnait dans les écarts.

Je ne tardai pas à surprendre, entre Sylvaine et Robert Le Floch, outre une familiarité spontanée et de bon aloi, une sorte de connivence par rapport à Cécile, sinon contre elle. Sylvaine s'était vite débarrassée de son complexe d'infériorité et traitait l'ingénieur, qui n'en prenait pas ombrage, bien au contraire, comme un vieil ami surgi d'un lointain passé. Il ne pouvait m'échapper non plus, de la part de ma belle-sœur, une discrète réprobation qui ressemblait fort à de la jalousie. Je sentais mûrir au fil des jours, dans cette cohabitation en trio, un petit drame, et j'en avais des frissons.

Un jeudi, nous nous sommes rendus, Cécile, Sylvaine, Petit-Pierre et moi, sur le chantier proche de l'église désaffectée de Lacombe, l'une des plus anciennes de la Corrèze au dire des historiens régionaux. Nous lui apportions son *mérindé* que nous souhaitions partager avec lui, malgré le temps qui menaçait. Cécile n'avait pas oublié la couverture et la nappe à carreaux, comme pour un pique-nique d'été sur une rive de la Gane.

Pour la première fois, je me trouvais, en dehors de la maison, en présence de tous les protagonistes de ce que je considérais comme une petite comédie sentimentale, dont j'espérais qu'elle ne finirait pas en drame.

Lorsque nous sommes arrivés à Lacombe, aux environs de midi, Robert venait de donner le signal du repos à ses ouvriers. Il disputait avec eux une partie de ballon près d'une excavation toute fraîche d'où dépassait un poteau planté de guingois comme un porte-plume dans un encrier. Juchés sur une murette, des gosses du hameau applaudissaient et riaient.

Robert vint à nos devants en remontant ses bretelles et en essuyant son visage en sueur. Il plongea sa tête dans une tine d'eau, s'en barbouilla le torse et, après s'être épongé, nous embrassa en nous prévenant qu'il devait encore sentir la transpiration. Tandis que Petit-Pierre et Sylvaine le remplaçaient de leur mieux dans la partie, il s'assit près de Cécile et lui dit en débouchant une bouteille :

— Mes amies, cette initiative me va droit au cœur. C'est une heureuse surprise.

— Une idée de Sylvaine, dit Cécile. Elle ne sait qu'inventer pour vous être agréable. J'ai tout de suite été d'accord. C'est jeudi et je suis libre.

Il remplit les verres et ajouta :

— Cécile, je me demandais cette nuit ce qui vous retient dans ce patelin perdu, depuis que vous êtes veuve. Avec vos états de service et votre bagage, vous auriez pu aspirer à un poste plus gratifiant, à Brive ou à Tulle, comme Malvina.

— J'y ai songé, mais j'avais, comme on dit, un devoir de mémoire envers Pierre, mon mari. Il n'aurait pas aimé que je brade cette propriété où il a passé toute son existence. Je me suis fixé une mission : gardienne des Bories-Hautes, une sorte de vestale. Bien que née à Brive, je préfère la campagne à la ville, dût ma carrière en pâtir. Mettons que je suis casanière, et tout sera dit.

Elle arracha nerveusement une tige de jonquille, la respira, la fit tourner entre ses doigts.

— Vous me rappelez, dit-il, un personnage de Jules Vallès, l'auteur de *L'Insurgé*, que je lisais en cachette à la caserne.

— J'aime bien Vallès, mais je préfère Zola. Il est plus près de la réalité des êtres et des choses, plus près de nous.

— Le « romancier de la fange », comme disait son adversaire, ce salaud de Drumont...

Il se rapprocha d'elle et lui dit, d'une voix de confidence, mais qui ne put m'échapper :

— Une question, peut-être indiscrète : Cécile, êtes-vous heureuse ? Cela semble parfois évident et d'autres fois moins.

Elle répondit d'une voix sèche :

— Cessons de parler de ma personne, je vous prie. Je n'en vois l'intérêt ni pour vous ni pour moi. Votre existence est plus exaltante que la mienne, je suppose. C'est à vous de me parler de votre travail, de votre famille, de votre femme et de vos enfants peut-être...

Un sourire se dessina sous les moustaches de Robert. Il n'avait ni femme ni enfant. Quant à sa famille, elle était réduite à sa plus simple expression et il n'avait pas envie d'en parler, pas plus que de la guerre. Il observa les mains de Cécile, qui trituraient la jonquille, et lui dit qu'il la trouvait bien nerveuse.

— Laissez donc cette pauvre fleur. Vous la torturez.

Elle la jeta par-dessus son épaule. Il la ramassa et la glissa dans la poche de sa chemise.

J'observai la même nervosité chez Sylvaine, à l'occasion d'un incident banal. À la suite d'un coup de pied maladroit, Petit-Pierre avait envoyé le ballon sur la nappe et renversé une bouteille. Elle le traita de *petit sagouin* et leva la main sur lui, en proie à une irritation que trahissaient la brutalité de son jeu et les regards qu'elle jetait au couple.

Le pique-nique, fort heureusement, adoucit cette ambiance biseautée. Il faut dire qu'à l'exception de Petit-Pierre nous avions fait honneur à la bouteille et au genièvre et que le soleil de cette fin d'hiver nous mettait à tous du vague à l'âme.

Les chantiers avançaient sur un rythme soutenu. Le maire se fit un devoir d'en faire l'inspection, en compagnie d'un ingénieur en chef venu de Toulouse ou de Limoges, je ne sais, qu'il régala d'un repas plantureux à Meyssac, et dont il obtint une promesse : nous aurions l'électricité avant la fin de l'année, comme quelques communes voisines : Végennes, Marcillac et Branceilles.

Jour après jour nous voyions se dresser sur nos routes et nos chemins, droits comme des « I », ces poteaux de bois qui jalonnaient la marche du progrès, comme ces bornes milliaires plantées à travers des campagnes inchangées depuis les origines.

Cécile s'amusait à les compter.

— Ils en ont déjà planté trente. Dans une semaine nous en aurons un à notre porte. Robert a promis que, sous peu, on poserait les fils, qu'à la fin de l'été nous aurions tous la lumière à domicile, et qu'on y verrait dans nos maisons la nuit comme en plein jour.

Lorsque le poteau des Bories-Hautes dressa son totem au-dessus du néflier, entre notre ferme et celle de la Jacotte, ce fut une fête. Robert arriva, à la fin de sa journée, porteur de deux bouteilles de blanquette et de gâteaux achetés à l'épicerie de Noémie Farge, une miche de pain frais de chez Berthe Laspoumadère, et de conserves, en disant que, pour une fois, c'est lui qui régalait.

Au dessert, ils ont fait tourner des disques sur le phonographe, pour danser la valse, la java et le tango, avec Petit-Pierre à la manivelle.

Trois jours plus tard, lorsque je retournai aux Bories-Hautes, Cécile me parla de cette soirée *un peu folle*, qui avait laissé en elle quelques traces d'amertume.

— Sylvaine m'a fait honte, me dit-elle. Durant toute la soirée, elle s'est conduite comme... comme une catin, et *son ingénieur* de même. Si tu les avais vus danser le tango et s'embrasser...

— S'embrasser... sur la bouche ?

— Oui... non... Enfin, c'était tout comme. Si nous n'avions pas été là, ton neveu et moi, qui sait comment ça se serait terminé.

— Tu exagères, Cécile. On sait bien que le

de saint Pierre qu'il faut le chercher, mais dans nos églises et nos chapelles de campagne. Il ne doit pas se sentir à l'aise dans les palais et les cathédrales. Vous qui appréciez tant le faste, que faites-vous au milieu de ces paysans ?

— Je tiens à faire mes preuves en campagne avant de gravir les échelons de la hiérarchie et, si je le mérite, de me rendre utile au gouvernement de l'Église.

— Projet de carrière digne d'un fonctionnaire, mon cher ! Eh bien, moi, Calmel, je reste fidèle à mes menettes. Elles sont un peu excitées et sottes, j'en conviens, mais sincères. Elles ne sentent pas la rose, mais je n'ai rien contre les odeurs fortes, celle des étables notamment. Celle de Bethléem n'était pas une nursery ! Ce n'est pas pécher contre le Christ, il me semble ?

— Ces paroisiennes que vous semblez mépriser, j'ai pris leur parti dans leur croisade contre cette insanité : le *Bal des célibataires.*

— Une question, Calmel : avez-vous fait la guerre ?

— Non, Dieu merci.

— Si vous l'aviez faite, vous raisonneriez avec moins de rigueur. Je la connais, moi, la guerre, et depuis quatorze ! Les souvenirs que j'en ai ramenés m'empêchent de dormir. Avant de m'engager dans l'aumônerie militaire, j'étais comme vous. J'ai combattu avec violence l'école laïque et dénoncé en chaire l'impiété. Aujourd'hui ce zèle me paraît absurde. J'ai acquis cette idée qui vous fait horreur : la tolérance. Si nos veuves et nos célibataires veulent trouver avec qui refaire leur vie, grand bien leur fasse ! De toute manière ils reviendront pour la plupart à l'église et vous bénirez leur union.

Le *Bal des célibataires* nous donnait des accès de fièvre.

Nous avions renoncé à la salle commune de la maison Perrichon, trop encombrée de meubles, pour lui préférer le vaste hangar attenant. Une escouade de femmes allait s'attacher à le rendre propre à une fête. Ce ne serait pas un mince travail. Il fallait nettoyer les murs de leurs toiles d'araignée et de leur poussière, les recouvrir de draps et de verdure, balayer le sol de terre battue où s'étaient amoncelées les feuilles mortes apportées par le vent, brûler les monceaux de fagots, de sarments et de fanes de maïs entassés là depuis des années, ainsi que quelques vieux meubles dévorés par les *cussous*...

Sylvaine et Cécile se chargeraient de la décoration en empruntant au maire drapeaux et guirlandes de la fête votive et du 14 Juillet. Elles devraient faire une ample moisson de houx, de genièvre, de gui qu'elles mêleraient aux premières fleurs de la saison. Un décor qui rappellerait celui d'une noce, d'une première communion ou des battages.

Sylvaine apporterait son phonographe pour faire alterner les disques avec les airs d'accordéon de Jeantounet, le fils de Bernède, qui, s'il était bègue pour l'élocution, ne l'était pas pour la musique.

À quelques jours de la fête, le temps suscita des inquiétudes, étant donné que le hangar de la ferme Perrichon était ouvert sur tout un côté. Une vague de froid venant du proche Cantal s'était abattue sur le pays, amenant avec elle les bordées d'une neige tardive qui se transforma en pluie, ce qui n'était guère plus réjouissant. Nous étions dans les transes, en nous demandant si les intempéries n'allaient pas tout compromettre. Il avait été prévu que les candidats viendraient par le tacot. Un service de chars à bancs avait été prévu pour aller les attendre à la gare. Le maire avait même proposé sa voiture.

Le jour venu, c'est Alice, notre jeune et jolie postière, qui nous alerta, sur le coup de dix heures, alors que les premiers véhicules abordaient la montée vers le village. J'entends encore sa voix joyeuse nous lancer :

— Je viens de voir la Panhard du maire, et les autres qui suivent ! J'ai entendu l'accordéon de Jeantounet et le tambour de Bancarel.

— Le maire a tenu parole, dit Sylvaine. C'est bien. Il est avec sa mairesse ?

— La mère Joffre ? répondit Cécile, tu plaisantes ? Elle a dû lui faire une de ces scènes...

Lorsque le cortège déboucha devant le château avec drapeaux et banderoles dans le roulement du tambour, j'éprouvai une émotion comparable à celle que, moi, la pacifiste, j'éprouve lors de la parade militaire du 14 Juillet, à Brive, qui me tire les larmes. Le ciel, ce jour-là, était bas et lourd, mais l'écharpe lumineuse enveloppant le Puy-Faure laissait espérer un ciel plus clément.

Le convoi arrivait accompagné d'une escorte de menettes vêtues de noir, brandissant, comme pour un meeting de féministes, des pancartes portant des slogans agressifs. On m'avait prévenue de la présence d'un comité d'accueil un peu spécial, mais je n'y avais pas cru. J'en fus bouleversée.

— Te bile pas ! ma chérie, me dit Sylvaine. Nous allons montrer à ces grenouilles de bénitier ce qu'est une vraie fête populaire. Certaines regretteront de ne pas y prendre part.

— Ce que je crains surtout c'est un incident. Au point d'excitation où elles en sont arrivées, on peut tout craindre. Je te rappelle que nous sommes responsables, puisque l'idée vient de nous.

— Tu aurais peut-être voulu qu'on fasse appel à la maréchaussée pour assurer l'ordre ? S'il y a une bagarre et des victimes, nous nous retrouverons ensemble en prison, et nous rirons bien !

Descendus de leurs véhicules sans empressement, les hommes se regroupèrent et, timidement, le maire à leur tête, la poitrine ceinte de son écharpe, s'avancèrent vers le hangar entre deux haies de genêt.

Ils ne paraissaient pas *fiers*, comme on dit chez nous, avec leur mine empruntée et leur démarche hésitante, sous les quolibets des menettes. Certains, pour se soutenir mutuellement dans cette épreuve qui échappait à leurs critères, échangeaient des propos lestes, qui ne trouvaient pas d'échos. Je les regardais avec curiosité s'avancer à pas lents, les mains dans les poches ou glissées dans leur ceinture, le chapeau ou la casquette au ras des sourcils, un mégot au coin des lèvres.

Précédées du curé Calmel, les menettes s'étaient regroupées à l'embranchement du sentier menant aux Ardaillasses. Campées sur le talus comme une chorale, leur chapelet à la main ou un crucifix sur la poitrine, elles chantèrent le *Salve Regina*, puis un cantique :

Dieu de Puissance,
Dieu protecteur
Sauvez, sauvez la France
Au nom du Sacré-Cœur...

Le maire les conjura en vain de cesser ce charivari et d'aller préparer leur soupe. Comme elles continuaient de plus belle, il lança au curé :

— Vous avez tort de vous mêler à cette manifestation, l'abbé ! Il y a des mariages en perspective, et ça vous donnera enfin du travail. Faites-les taire ou j'ordonne à Bancarel de vous disperser !

— Faites-le donc, si vous l'osez ! lui jeta Marie Duroux. Ce sont ces garces et ces chenapans qui troublent l'ordre public et portent atteinte à la morale et à la religion. Chantons, mes sœurs !

Le curé leur conseilla de s'éloigner. Elles obéirent, mais pour se regrouper et former une procession conjuratoire autour de la ferme maudite.

Cécile avait retrouvé sa voix et son autorité de maîtresse d'école pour souhaiter la bienvenue aux candidats. Elle ajouta, en montrant la procession :

— Quant à ces menettes, n'y faites pas attention. Ce ne sont pas des candidates de la dernière heure. En revanche, il y a des dames et des demoiselles qui vous attendent. Jeantounet, joue-nous la *Yoyette* !

Je ne puis dire que la présentation des candidats se déroula dans une atmosphère chaleureuse, de part et d'autre. Dans la musique de l'accordéon, hommes et femmes s'observaient en silence, comme pour entamer un quadrille. Passant de l'un à l'autre, le maire jouait les Monsieur Loyal et faisait des efforts pour animer l'assemblée, relayé par Sylvaine et Cécile, qui proposaient des verres de vin. Robert Le Floch se pencha par-dessus mon épaule et me glissa à l'oreille :

— Malvina, sais-tu ce que cette séance me rappelle ? Ce que j'ai lu concernant les déportations de femmes en Louisiane, à l'intention des pionniers, au temps du Roi Soleil. Il semble que ça n'ait pas donné de mauvais résultats. J'espère qu'il en sera de même ici.

Pendant ce temps d'observation qui dura de longues minutes, verre en main, candidats et candidates s'efforçaient de faire coïncider les apparences réelles avec mes photographies.

À ma grande surprise ma sœur Flavie dénoua une situation qui risquait de durer et de faire sombrer la rencontre dans la morosité. Elle s'avança vers son mutilé, Clément Vizerie, et lui dit en lui tendant la main :

— Vous êtes monsieur Clément. Je vous ai reconnu tout de suite. Voulez-vous trinquer avec moi ?

Il lui répondit qu'elle n'avait pas dû avoir beaucoup de mal à le reconnaître.

— Vous, dit-il, vous êtes Flavie Delpeuch. Il me tardait de faire votre connaissance. À votre santé.

Ils trinquèrent, vidèrent leur verre et, soudain, se mirent à danser sur un air de valse viennoise diffusé par le phonographe. Sylvaine s'écria :

— Eh bien, mes amis, c'est parti ! La fête sera bonne. Videz vos verres, mangez à votre aise et invitez qui vous plaira.

La valse viennoise terminée sur un miaulement de chat, Jeantounet enchaîna à l'accordéon, avec un air de valse musette que Cécile chanta sans se faire trop prier :

Souviens-toi de notre guinguette
Du soleil sur le bord de l'eau
Le vin blanc nous tournait la tête
Ça sentait bon le renouveau..

Sylvaine s'avança vers Robert en lui tendant les bras.

— M'accordez-vous cette danse ?

— C'est que, moi, la valse...

— Je sais que vous préférez le tango. Venez. Je vous apprendrai. De toutes les danses, c'est la valse ma préférée. Allons, détendez-vous ! Une, deux, trois... Une... deux... trois...

Elle lui murmura à l'oreille la suite des paroles de la chanson :

Souviens-toi de ces beaux dimanches
Le printemps chantait dans les bois.
Ah qu'il faisait bon sous les branches,
Souviens-toi...

Le signal donné, l'émotion me serra le cœur quand je vis le jeune vannier, Armand Guinot, s'approcher de Thérèse Delpeyroux qui portait une fleur de genêt sur son corsage, pour l'inviter à danser. En revanche, je fus outrée de voir cette peste de Jacotte bouder les avances du brave Séraphin Ledru, le colosse débonnaire, qui avait eu, à ce qu'elle me dit plus tard, le tort de *faire le gandin*, parce qu'il portait une cravate et une fleur à la boutonnière.

— C'est un bon travailleur que je suis venu chercher, lui avait-elle lancé, pas un noceur !

Il avait répliqué :

— Un noceur, moi, madame ? Vous vous trompez. La preuve, je sais même pas danser ! En revanche, si vous voulez, on peut boire un coup ensemble, histoire de parler. Pour moi, ce sera de l'eau. Le vin et moi, on fait pas bon ménage.

Elle avait, réflexion faite, paru intéressée. Costaud et sobre, c'était à voir. C'était tout vu. Nous n'allions pas tarder à apprendre qu'ils étaient faits l'un pour l'autre.

Il n'y eut pas une ombre de réticence entre notre postière, Alice Bernède, et le candidat que Cécile, qui ne l'aimait guère et se méfiait de lui, appelait *le marlou* : André Delord, dit Dédé. Il avait suffi d'un regard pour les rapprocher et laisser comprendre qu'ils pourraient former un beau couple, du moins quant à leurs qualités physiques. On n'eut pas à les pousser sur la piste. Quelques mots de gentillesse, et hop !

Sylvaine était occupée, avec Cécile et moi, à déboucher d'autres bouteilles de vin paillé et à préparer des tartines de rillettes, quand elle sentit la main de Robert glisser sur sa hanche. Il lui dit d'un air faussement cérémonieux :

— Chère amie, m'accorderez-vous une nouvelle danse ? Ce tango semble n'attendre que nous.

Elle répliqua sur le même ton :

— Mais comment donc, monsieur le baron. Tout le plaisir est pour moi.

J'observai Cécile. Elle ne broncha pas, mais ses

pouvez même écrire à *La Croix de la Corrèze* et au Vatican. Vous ne nous empêcherez pas de nous distraire à notre manière. Nous avons, mon amie et moi, traversé trop de moments douloureux pour nous priver de ce plaisir innocent. De plus, la danse est un exercice excellent pour la santé physique et mentale. Les prêtres d'Israël ont-ils interdit au roi David de danser devant l'Arche ?

Il aurait fallu des arguments plus convaincants pour amener cet obstiné à résipiscence.

— Madame Delpeuch, dit-il en se rengorgeant, vous et votre amie risquez de compromettre votre salut éternel. Pensez-y, s'il en est encore temps. Vous êtes relativement assidue à la messe du dimanche, mais je ne vous ai jamais encore entendue en confession. Si la danse est bonne pour la santé, la confession est nécessaire à votre âme. Je vous attendrai le temps qu'il faudra, mais vous viendrez.

— Vous risquez d'attendre longtemps.

— Huguenote ! Païenne !

Céline éclata de rire, haussa les épaules et murmura :

— Imbécile !

C'est à dater de cet entretien que Cécile est allée assister à la messe du dimanche à Végennes, une paroisse voisine. Le desservant de cette église est un brave curé qui, presque octogénaire, exerce encore son ministère. Ce n'est pas lui qui aurait reproché à Cécile ses exhibitions chorégraphiques : au cours des veillées, il n'était pas le dernier à danser la bourrée et à boire un coup avec ses ouailles. Quant à ses *gnorles,* des histoires salaces, elles faisaient le tour du diocèse.

Un soir, aux Bories-Hautes, Sylvaine prétexta d'une migraine *affreuse* pour s'abstenir de son cours à Sainte-Thérèse. Comme elle n'était pas coutumière du fait, on le remarqua et l'on s'en montra surpris.

En quelques mois, en s'appliquant mais sans se forcer, notre compagne avait appris tout ce qu'une honnête femme doit connaître afin de ne pas passer pour une demeurée, et elle aurait pu en remontrer à ses consœurs les plus studieuses. Une partie de ses loisirs, parfois la nuit, se passait à lire à la chandelle des romans de Victor Hugo et d'Émile Zola. Elle avait attaqué *L'Insurgé*, de Jules Vallès, et s'en délectait. Après avoir ânonné, elle lisait couramment, notant par écrit les mots qu'elle avait retenus et souhaitait se mettre en mémoire. Cécile lui disait en plaisantant qu'elle pourrait la présenter au certificat d'études, comme elle l'avait fait jadis pour moi.

Ce soir-là, abrégeant le cours portant sur les verbes composés, Cécile, habitée par un pressentiment, retourna en hâte aux Bories-Hautes. Elle constata en s'en rapprochant qu'il n'y avait pas de lumière au rez-de-chaussée, mais qu'une clarté découpait les contrevents de la fenêtre du premier, où se situait la chambre de l'ingénieur.

Elle pénétra dans la maison à pas feutrés et, parvenue à l'étage, constata que la porte était entrebâillée. Elle n'eut pas à l'ouvrir davantage pour constater que ce qu'elle avait prévu ne relevait pas de son imagination. Sylvaine et Robert étaient allongés nus sur le lit et paraissaient somnoler.

Au bruit que fit Cécile en heurtant la cloison de l'épaule, alors que, folle de rage, elle s'apprêtait à fuir cette scène, Sylvaine se dressa et demanda qui était là.

— C'est moi ! lui lança Cécile dans l'ombre du palier.

— Tu ne devais pas rentrer si tôt. Il y a moins d'une heure que tu es partie.

— J'étais inquiète. Je suis revenue pour prendre des nouvelles de ta migraine. Je constate que ça va mieux.

Cécile referma violemment la porte de la chambre et alla s'enfermer dans la sienne en s'efforçant de maîtriser sa nervosité pour ne pas réveiller son fils, endormi avec Fanfan sur ses pieds.

L'idée la prit qu'elle ne pouvait rester coucher dans cette chambre, alors que les autres, au-dessus, se donnaient du plaisir. Elle retourna à Sainte-Thérèse et demanda à Emma Berthier de l'héberger pour la nuit, sans lui confier les raisons de cette visite inopinée. Emma lui proposa une chambre voisine de la sienne. Cécile la remercia et passa le reste de la nuit tout habillée sur le lit ou à arpenter la pièce, sombrant dans des cauchemars, pleurant et gémissant. Elle se disait qu'elle venait de perdre du même coup deux amis par la faute de l'amour.

Lorsque, à la fin de la semaine, elle me confia ses déboires, je protestai : elle n'était pas innocente au point de n'avoir pas remarqué, avant la scène qui l'avait bouleversée, le comportement insolite de Sylvaine et de Robert. Elle m'avoua qu'elle avait bien observé des propos et des gestes équivoques, mais que cela lui avait semblé un jeu et qu'elle était loin de supposer que leurs relations en étaient à ce point.

— Je n'ai pu supporter, m'avoua-t-elle, qu'ils fassent l'amour sous mon toit, en profitant de mon absence, comme des voleurs. C'est ignoble !

Je lui reprochai d'être allée demander asile à Emma.

— Tu as dû troubler cette pauvre femme, étrangère qu'elle est à ces problèmes sentimentaux. Je ne vois pas comment elle aurait pu te consoler. En te conseillant de prier, je suppose ?

— Ne te moque pas de moi ! J'avoue avoir donné trop d'importance à cette affaire. Que veux-tu, je n'ai pas ta sérénité. J'ai parfois l'impression que le malheur et les ennuis n'ont pas de prise sur toi, qu'ils glissent comme la pluie sur les plumes d'un canard. Moi, un rien me met dans tous mes états. Je n'ai pas raconté la vérité à Emma. Je lui ai dit que j'avais besoin de lui parler de Pierre, lui dire que je ne pourrais jamais l'oublier. A-t-elle été dupe ? Je l'ignore.

Emma, étrangère à nos problèmes sentimentaux ? Voire.

Adolescente, elle avait été amoureuse d'un garçon de Meyssac, fils de commerçants aisés. Ils avaient envisagé une union, mais la famille y avait mis le holà : une fille de paysans besogneux épouser un fils de bourgeois... Il poursuivit ses études à Clermont-Ferrand et elle à Tulle, dans l'intention d'entrer au couvent. L'abbé Brissaud était intervenu auprès de l'évêché pour qu'on confiât à la novice la direction de l'école congréganiste de Saint-Roch, menacée par la vague de la laïcité. Elle avait transformé ses humeurs contemplatives en mission active.

Un jour où elle était en veine de confidences, elle m'avait montré une photo du temps de ses amours. Elle était alors délicate et jolie, avec un visage et une chevelure de poupée. Je me dis qu'il est des familles qui mériteraient d'être mises au ban de la société pour, de sang-froid, par vanité ou par intérêt, s'arroger le droit de contrarier des amours et de faire sombrer des passions.

Comme je compatissais à sa peine, elle m'avait dit en riant :

— Mais, Malvina, je ne suis pas à plaindre. Je voulais me marier pour avoir des enfants. J'ai épousé Dieu et il m'en a donné des dizaines. Ils ne sont pas nés de moi, j'en conviens, mais je les ai aimés et je les aime comme si je leur avais donné le jour.

Le lendemain de l'incident, alors que Cécile jetait du maïs et des coquilles d'œufs à la volaille, corvée réservée à sa compagne, elle vit l'ingénieur quitter la maison avec sa sacoche sous le bras, comme s'il avait le feu à ses basques, en faisant mine de ne pas l'avoir vue. Cécile se souvint que le maire devait le conduire en voiture à la gare, pour une réunion de trois jours à Brive.

Lorsqu'elle descendit pour déjeuner, Sylvaine devait se dire qu'elle n'allait pas échapper à une nouvelle scène, plus âpre que celle de la veille, du fait de l'absence de Robert. Elle fit réchauffer la cafetière sur la braise et, pour se ménager l'avantage de l'initiative, prit le parti d'ouvrir, sinon les hostilités, du moins le débat.

— Tu m'excuseras, soupira-t-elle, d'avoir laissé passer l'heure pour les poules. J'étais fatiguée.

Cécile prit le parti d'ironiser :

— Je m'en doute. La migraine empêche de dormir. Petit-Pierre a remarqué que tu n'as pas couché dans notre chambre et que tu t'es levée plus tard que d'habitude.

Sylvaine mâchonna lentement sa tartine en marmonnant :

— Allons, assez finassé ! Vide ton sac puisque tu en meurs d'envie. Que veux-tu ? Que je parte ? Si c'est ça, dis-le et qu'on en finisse !

Elle avala de travers sa dernière bouchée lorsque Cécile, d'un ton glacé, lui lança :

— Eh bien, je te le dis ! Tu vas quitter cette maison. Tu n'es pas obligée d'abandonner le village, mais je ne veux plus de toi ici, à cause de mon fils.

— À cause de ton fils... Un faux prétexte pour cacher la jalousie qui te ronge. Que Robert s'intéresse à moi, ça t'emmerde, hein, avoue-le ! Eh bien, oui, je vais partir. Pas pour revenir dans mon pays, du moins pour le moment. Je ne connais plus personne qui puisse m'aider à remettre ma ferme sur pied. Plus tard, peut-être, avec les subventions... Je resterai donc ici où je me suis fait des relations.

Le vieux Bernède s'est proposé de m'héberger pour s'occuper de son jardin, au cas où je serais libre. Je le suis.

— Bernède est un brave homme. Tu ne seras pas malheureuse dans son moulin. Je te donnerai de l'argent, pour les services que tu m'as rendus. Ça te fera un petit pécule.

Sylvaine se leva pour aller nettoyer son bol dans la *bassière.*

— Robert, dit-elle, qu'est-ce qu'il va penser de ce micmac ? Où est-ce que nous pourrons nous retrouver ? Pas chez Bernède, en tout cas.

— Dans les bois, dans une grange, où tu voudras. Ça n'est pas mon affaire !

— Et ta propriété ? Tu y as pensé ? Qui est-ce qui va la travailler ? Où iras-tu pêcher un ouvrier ?

— Je me débrouillerai, comme avant. Après tout, la propriété, je peux m'en passer. Avec mon salaire, j'ai de quoi vivre.

Sylvaine se laissa tomber sur le banc, prit sa tête dans ses mains et ajouta d'une voix brisée :

— En venir là, alors que nous nous entendions si bien, toi et moi. Et tout ça parce que nous aimons le même homme...

Le soir même, au retour de l'école, Cécile attela Coquin au char à bancs. Sylvaine jeta ses frusques à l'arrière, et elles prirent la route du moulin. Cécile s'était chargée, à la mi-journée, d'aller prévenir Bernède, sans l'informer des motifs de cette séparation, ce qu'il n'eut garde, discret qu'il était, de lui demander. Il donna son accord sans la moindre réserve, d'autant qu'il souffrait de son veuvage et du départ de sa fille.

À la nuit tombante, avec une ardeur inaccoutumée, Cécile fit le ménage dans la chambre du haut, en l'absence de l'ingénieur, retenu à Brive pour ses affaires.

Elle fit un tas des draps de lit pour la prochaine lessive. Assise à la petite table convertie en bureau, elle feuilleta le cahier où, jour après jour, il mentionnait l'avancement des chantiers, avec quelques menus commentaires sous forme de journal intime, sans rapport avec ses préoccupations professionnelles. À une date remontant à l'hiver précédent, elle lut : *Pique-nique avec Cécile, Sylvaine et Petit-Pierre. Soleil. Promenade. Agréable journée.* Il avait collé la jonquille froissée que Cécile avait jetée et qu'il avait recueillie.

Elle me dit, à quelques jours de là :

— Cette découverte m'a bouleversée. J'étais loin de penser que Robert tenait autant à moi. Cette fleur que j'avais jetée, je ne m'attendais pas à ce qu'il la recueille. Ça veut dire quoi, selon toi ?

— Que tu es naïve... Ça veut dire qu'il a du sentiment pour toi et du désir pour Sylvaine. Situation très romantique... On pourrait en faire un roman dans le genre du *Journal amoureux d'Espagne*, de Madame de La Fayette. Mais n'en tire pas de conclusion prématurée, tu risquerais d'être déçue. Votre ami l'ingénieur ne va pas tarder à vous tirer sa révérence, à toi et à Sylvaine, sans espoir de retour j'imagine.

Lorsque Robert arriva aux Bories-Hautes et qu'il eût posé sa sacoche sur la table, il parut d'humeur massacrante pour avoir dû faire la route à pied depuis la gare. Sylvaine avait promis de venir l'attendre ; elle avait dû oublier. Il regarda autour de lui, se montra surpris de ne pas la voir.

— Sylvaine..., répondit Cécile, vous ne la reverrez pas, du moins chez moi. Elle a déménagé pour s'installer au moulin de la Gane, chez Bernède.

Il se laissa tomber sur le banc et soupira en s'épongeant le front :

— Je suis désolé de ce qui s'est passé, Cécile. Cet incident n'aurait pas eu lieu si vous n'étiez pas rentrée plus tôt que prévu. Nous avons été maladroits, Sylvaine et moi, j'en conviens et je m'en repens. Ce qui me désole surtout, c'est d'avoir compromis la belle amitié qui vous unissait à votre compagne. Je vais donc, moi aussi, prendre congé de vous.

— Faites comme vous le jugerez bon. En votre absence, je me suis permis de faire un peu de ménage dans votre chambre.

Alors qu'elle mettait le couvert pour le souper, Cécile, dans sa nervosité, renversa une bouteille qui se brisa sur les dalles. En ramassant les morceaux, elle se coupa à la main. Elle lavait sa blessure dans la *bassière* quand l'idée astucieuse et machiavélique lui vint de retarder ou d'annuler le départ de son locataire. Elle prit un morceau de verre et, en serrant les dents, élargit l'entaille.

Elle dit à son fils, qui achevait ses devoirs sur le bout de la table, d'aller avertir M. Le Floch. Il descendit précipitamment.

— Voyez comme je suis maladroite ! dit-elle. La blessure saigne beaucoup mais ça n'est pas grave. L'ennui, c'est que je vais avoir du mal à préparer le souper.

Je pense qu'elle dut, comme dans les scènes romantiques, simuler une faiblesse, mais elle ne m'en a rien dit. Robert lui prit la main, examina la plaie avec des « nom de Dieu de nom de Dieu ! », et demanda où se trouvait la pharmacopée familiale. Il aurait fallu de l'alcool à quatre-vingt-dix degrés, de la teinture d'iode, des bandes adhésives, mais on n'avait rien de tout ça. Lorsque Petit-Pierre s'écorchait le genou, elle nettoyait la blessure avec de la gnôle et la recouvrait, comme le faisait la Maïré, de fleurs de lis macérées dans de l'huile.

— La plaie est large mais peu profonde, dit Robert, et, par chance, il s'agit de la main gauche.

L'eau-de-vie suffira. Je vais vous faire un pansement, mais, dès demain, il faudra aller vous faire soigner à Meyssac.

Il ajouta :

— Tant que vous y serez, demandez donc au pharmacien de vous préparer une boîte pour les soins immédiats. De nos jours, on ne soigne plus les gens comme les sorciers d'Afrique.

— Je vous remercie, Robert. Excusez-moi de vous importuner pour une babiole. Vous pouvez vous retirer. Je me débrouillerai. Petit-Pierre m'aidera. N'est-ce pas, mon chéri ?

Il protesta. La laisser seule était hors de question. Avec sa permission, il passerait encore une nuit aux Bories-Hautes, d'autant que, à l'heure qu'il était, il n'aurait su où aller coucher. Elle convint que c'était le plus raisonnable. Elle avait d'ailleurs mis des draps propres à son lit.

Il posa sa veste, l'aida à mettre la table, coupa le pain pour la soupe, descendit chercher une bouteille à la cave et posa la soupière sur la table... Cécile m'avoua que cette soirée lui avait laissé un souvenir doux-amer. La place de Sylvaine était vide. Petit-Pierre occupait celle où le maître de maison se tenait jadis : sur l'escabeau, au bout de la table, devant le grand tiroir, le *tiradour,* où nous rangions la tourte de pain et le grand couteau.

Cécile m'avoua que sa main tremblait en portant la cuillère à sa bouche.

— Lorsqu'il m'a dit que tout ça était de sa faute et qu'il était de son devoir de veiller sur moi en dehors de ses heures de chantier, pour me soulager de mes tâches ménagères, j'ai cru fondre de bonheur.

Le lendemain, qui était un dimanche, j'accompagnai Cécile à la messe de Végennes, village des hauteurs, comme Saint-Roch, mais dépourvu de château et avec une seule église, alors que notre paroisse en compte trois.

Le vieux curé nous fit de la peine. Il marchait courbé. Au moment de l'élévation, sa voix tenait du râle des agonisants plus que du *bel canto* ; en prononçant son sermon, il achoppait sur des mots, laissait des phrases inachevées et observait de longs silences en mâchouillant on ne savait quoi. Il semblait, si je puis dire, y perdre son latin. Il fallut aider le bedeau, après l'y avoir hissé, à le faire descendre de sa chaire.

Il n'avait guère de sympathie ni aucun rapport avec notre curé qui, disait-il, se prenait pour un dominicain du temps de l'Inquisition. Il me confia que nous n'étions pas les seules à avoir déserté la paroisse de Saint-Roch pour se retrouver dans la sienne.

Il avait entendu dire que l'abbé Brissaud était revenu de la guerre et de la Trappe plus tolérant qu'il ne l'avait été. Ils avaient eu jadis des controverses qu'il qualifia d'*homériques*.

— Ma chère enfant, si vous aviez entendu ça... Les murs en tremblaient, et Aglaé, ma gouvernante, était sur le point de faire appeler le bedeau pour nous séparer. Quand vous le verrez, ce vieil ami – pas l'autre, le dominicain ! –, vous lui direz qu'il vienne me voir s'il a encore ses jambes, qu'on boira un coup de mon vin de Puy-d'Arnac et qu'Aglaé lui préparera des escargots comme il les aime. Vous pouvez être sûre qu'il ne refusera pas...

Il ajouta en tâtant ses poches :

— Prenez ma blague et mon papier, et roulez-moi une cigarette. Avec mes pauvres mains d'arthritique ça devient difficile. Merci, ma fille...

Lorsque nous sommes revenues, Robert, assisté de Petit-Pierre, était occupé dans la cour à réparer la vieille pompe accolée à la margelle du puits. Elle fuyait et ça l'agaçait.

— J'ai dû, nous dit-il, la démonter et changer le joint avec un bout de caoutchouc que j'ai trouvé dans la grange. À présent, elle marche sans qu'on ait besoin de l'amorcer. À toi, petit ! Fais-nous une démonstration.

Mon neveu saisit le bras à deux mains. À la première manœuvre, l'eau jaillit comme la source du Sinaï sous la baguette magique de Moïse. Robert lança joyeusement en s'essuyant les mains à une touaille :

— Et voilà l'travail ! Vous êtes parées en attendant d'avoir l'eau courante, chaude et froide, sur l'évier. Ça se fait déjà à Brive, à l'hôtel de Bordeaux où j'étais hébergé, et c'est foutrement pratique.

Il ajouta en s'avançant vers nous :

— Je vais vous présenter la facture : ce sera un baiser. Avouez que c'est pas cher payé. Si, en prime, vous m'invitez à dîner, ça sera pas de refus. J'ai une de ces fringales...

J'énumérai le menu du dimanche : soupe, grillons, pâté de pommes de terre et tarte aux pommes...

— Ça me convient parfaitement, dit-il.

Il nous embrassa, puis rangea les outils, tandis que je m'occupais de dételer Coquin pour le laisser gambader dans le *coudert.*

— Pour l'eau courante, ajouta Robert, je ne plaisantais pas. Vous l'aurez un jour dans le bourg et même dans les écarts. Vous tournerez un robinet et l'eau coulera sans que vous ayez à faire le moindre effort. Ça vous changera la vie. Pour l'eau chaude, il faudra attendre. Pour le téléphone aussi. Vous pourrez ranger votre phonographe au grenier et le remplacer par la TSF qui, en tournant un bouton, vous donnera des concerts, des informations et des conférences. J'allais oublier le placard frigorifique. Vous pourrez conserver votre nourriture aussi longtemps que vous voudrez sans qu'elle se gâte. C'est ce qu'on appelle le progrès...

— Tout ça, dit Cécile, nous le savons. Nous lisons comme vous les journaux, mais ce n'est pas avec notre salaire que nous pourrons nous offrir tous ces agréments.

— Dans l'immédiat, j'en doute, mais petit à petit, certainement. Vous savez, le progrès est tenace et ne lâche jamais ses proies. Il pénétrera partout, même dans les demeures les plus modestes.

— Vous avez oublié une autre forme de progrès, Robert, lui dis-je : celui qui concerne l'armement. J'ai appris qu'à la Manufacture de Tulle on est en train d'étudier et d'expérimenter de nouvelles techniques d'extermination pour faire davantage de victimes avec le minimum d'effort. Vous n'allez pas croire, comme on se plaît à le dire, que cette guerre est la dernière, la *der des der* ?

Il me prit par le bras.

— Je n'y crois pas plus que vous, hélas ! L'Allemagne voudra sa revanche. Les hommes ont la guerre dans le sang, comme les tribus d'Afrique ou les Indiens d'Amérique. Que le sorcier de la tribu, je veux dire le chef d'un gouvernement, lève le petit doigt, et le peuple suivra de nouveau, comme les moutons de Panurge. Il y aura toujours des guerres, Malvina, et elles seront de plus en plus destructrices. C'est une sorte de fatalité qui pèse sur l'espèce, comme si elle s'obstinait à détruire ce qu'elle engendre.

Nous avions fait trois fois, en devisant, le tour du puits, comme si nous nous attendions à en voir surgir la Vérité toute nue, quand Cécile, surgissant de la cuisine, nous lança :

— Quand vous aurez fini de déblatérer, vous pourrez peut-être venir me donner un coup de main.

Il faut bien en convenir : Sylvaine nous manquait.

Elle avait le don, avec la verve un peu vulgaire, mais généreuse, qu'elle prenait pour nous raconter son enfance en Lorraine, de transformer nos modestes repas en petites fêtes. Il ne restait d'elle, dans la cuisine, qu'un souvenir concret : l'écharpe brodée qu'elle jetait sur ses épaules pour sortir. Je me demande si elle ne l'avait pas abandonnée, repliée sur le dos d'une chaise, pour laisser entendre que son absence était provisoire.

L'après-midi, profitant d'une risée de soleil dans cette agréable fin de février, nous avons de nouveau attelé Coquin pour une longue promenade en direction de la Dordogne, distante d'une dizaine de kilomètres de Saint-Roch. Nous avons visité les vieux quartiers de Beaulieu, celui des pêcheurs et des gabariers, dont les vieilles maisons à colombages se pressent autour de l'abbatiale. Cécile a tenu à déposer un bouquet de fleurs des champs aux pieds de la Vierge noire, et à faire une prière. Robert est resté quelques minutes en contemplation devant le tympan, l'un des plus beaux de France, à ce qu'on dit. Une brève promenade à pied nous a conduits jusqu'à la rive opposée de la Dordogne, à la limite du village haut perché d'Altillac.

Sur le chemin du retour, nous avons marqué une pause à l'auberge de Queyssac-les-Vignes. J'ai pris mon neveu par la main pour une leçon de géographie locale, donnée au sommet du donjon qui domine le moutonnement de collines abruptes descendant vers la Dordogne.

— À nos pieds, c'est Beaulieu et la rivière, d'où nous venons. Elle descend de l'Auvergne et d'un pays qu'on appelle la Xaintrie.

— Et l'Amérique ? Où elle est, l'Amérique ? On peut pas la voir, même en montant plus haut ?

— Elle est beaucoup trop loin, au-delà de la

mer. Tu iras peut-être un jour. Pour ta mère et moi, c'est déjà un peu tard.

Nous avons dû, au retour, pour soulager Coquin, monter à pied jusqu'aux Bories-Hautes. Il ne déteste rien tant que les côtes et le manifeste par des arrêts brusques, des refus d'avancer et des braiments à fendre l'âme. Robert a pris sur son dos mon neveu à moitié endormi et, Cécile à son bras, a monté la côte sans effort apparent. On aurait dit un jeune ménage avec enfant...

7

Mariages à l’essai

Ni Cécile ni Robert, du moins en ma présence, n'évoquèrent la perspective du départ de ce dernier des Bories-Hautes.

Jour après jour, une intimité équivoque s'était dessinée entre eux, plus sensible qu'en présence de Sylvaine, devenue pour eux un sujct tabou, au point que, lorsque Petit-Pierre parlait de *Tante Sylvaine* en demandant où elle se trouvait, Cécile lui ordonnait de se taire. Paradoxalement, son absence, en créant un vide, générait des souvenirs et des regrets à la vue d'un des objets qu'elle avait manipulés, d'un linge oublié, et des silences qui faisaient ressentir l'absence de sa voix.

Cécile avait eu de ses nouvelles par le fils de Bernède, Jeantounet.

Elle s'était adaptée sans trop de peine à son nouveau cadre de vie. Devenue pour le vieux meunier, en tout bien tout honneur, une sorte de gouvernante, elle s'était fait une amie de notre ancienne boulangère, Berthe Laspoumadère. Seule durant toute la guerre, dépourvue de mitron, cette femme avait assumé une mission sacrée : faire que le pain ne manque pas à la commune et qu'on ne pût rien lui reprocher quant à sa qualité. Sur la fin des opérations, apprenant la mort de son mari devant Épernay, en juillet dix-huit, elle avait baissé les bras et trouvé un jeune ménage de boulangers du Lot pour reprendre le four et la boutique.

Toujours en quête de projets, Sylvaine eut une idée qui aurait pu sembler saugrenue : transformer le moulin abandonné en guinguette. Bernède la laissait dire, faisait mine d'approuver mais n'en pensait pas moins. À son âge, à l'abri du besoin, qu'elle fasse ce que bon lui plairait ! Il s'en foutait, disait-il, à condition que ses enfants soient d'accord et que ça ne mette pas trop ses économies à contribution.

Un samedi soir, alors que Cécile était venue m'attendre à la gare, je devinai à son silence qu'elle devait avoir des choses à me raconter. Présumant que Robert était à l'origine de ce qui me semblait être un gros souci, je suscitai sa confidence en lui en parlant la première. Elle me répondit d'un ton neutre qu'il demeurait toujours chez elle, se portait bien et que son travail avançait. L'électricité arriverait bientôt dans le bourg. Question de jours.

La veille, Cécile lui avait demandé de l'aider à coiffer le chapeau de paille qu'elle comptait porter le dimanche suivant, à la messe de Végennes.

— Je me suis amusée à voir ses grosses mains manier les aiguilles. Il m'a demandé où j'avais trouvé ce *bibi ravissant.* Je lui ai répondu que ce n'était ni à Saint-Roch ni même à Meyssac où, en matière de toilette, les négociants sont toujours en retard d'une mode. J'ai ajouté, pour le faire bisquer :

« C'est un cadeau. Il vient de la Belle Jardinière, à Brive.

— Un cadeau... d'un ami ?

— Oui, d'un ami.

— Votre amant, sans doute ?

— Mon amant ? Peut-être... »

Par coquetterie, elle avait refusé de lui en dire plus, puis, comme il renonçait à pousser plus avant son investigation, comme refermé sur ses propres mystères, elle avait fini par lui parler de Fred Moreau, de sa collaboration au journal anarchiste publié en Corrèze : *L'Insurgé*, de ses ennuis avec l'armée, à la déclaration de guerre, de son insoumission... Il avait paru surpris et lui avait dit :

— Vous, Cécile, catholique et pratiquante, amoureuse d'un anarchiste ?

— Et pourquoi pas ? Je suis libre de mes opinions et me flatte d'être catholique, laïque... et tolérante ! Il y a du vrai dans celles que professait mon... mon ami, malgré leur violence. Il n'empêche, nous avions de fréquentes querelles à ce sujet.

Les querelles entre Cécile et Fred, je ne les ai pas oubliées. Chaque fois ou presque, elles semblaient annoncer une séparation. La guerre y a mis un terme. La guerre et l'amour de Cécile pour mon frère, Pierre. Aurait-elle épousé Fred ? J'en doute. Il était adversaire du mariage et Cécile n'aurait pas consenti à vivre avec lui une union libre.

Le lendemain, dimanche, je rendis visite dans l'après-midi à Flavie. Je la trouvai occupée à dessiner sur un cahier d'écolier une robe de cérémonie pour une châtelaine des environs, d'après un modèle du couturier parisien Kowalsky, exécutée par le *High-Life Tailor* de la rue Auber, pour la femme d'un ministre.

— Cette cliente, me dit Flavie, est une emmerdeuse. Elle veut pas d'un boa en plumes, qui date un peu à ce qu'elle dit, ni des manchettes en dentelle, ni d'un col haut. Pour la couleur, c'est pire : un jour elle veut du violet, un autre jour elle préfère du rose. Je l'aurais envoyée paître depuis longtemps si j'avais pas besoin de ses sous pour faire réparer ma toiture. Elle prend l'eau de partout.

Je me disais que ma sœur, si quelque heureux hasard l'avait dirigée vers Paris ou dans une autre ville importante, aurait acquis une notable renommée. À l'instigation de Cécile, elle y avait songé, mais, ne s'en sentant pas la volonté, la force et les moyens, elle y avait renoncé sans trop de regret, d'autant qu'elle était très attachée à ce coin de terre où elle avait trouvé une modeste consécration à ses talents.

— Tous ces dessins que tu fais comme en t'amusant, lui dis-je, si tu les montrais à un grand couturier, il en tirerait peut-être de l'argent, et toi de même. Tu deviendrais une artiste et tu serais riche.

— Des sous, j'en ai suffisamment pour vivre. Si je gagnais des cents et des mille, qu'est-ce que j'en ferais ?

Dénuée d'ambition et peu soucieuse de thésauriser, elle allait rester attachée à son petit atelier, aussi exigu qu'inconfortable, mais avec une belle vue sur le Puy-Faure, la vallée et l'escalier de collines qui plonge vers la Dordogne. Elle aurait pu, sans quitter son village, agrandir son atelier, embaucher une petite-main, restaurer sa bicoque, prévoir un salon pour offrir du café ou du thé aux clientes en attente, mais tout cela lui semblait s'opposer à sa modestie naturelle.

Lorsque je lui parlai du candidat de son choix, le forgeron *gueule cassée,* Clément Vizerie, elle rougit et son visage chiffonné se crispa.

— Clément... oui, Clément... Il semble que quelque chose se soit passé entre nous, le soir de la fête, mais je crains que nos relations en restent là. Il est reparti sans me dire un mot d'adieu. Depuis, j'ai plus de nouvelles. Il m'avait pourtant promis...

— Ne te tracasse pas, il reviendra. Ce qui le fait hésiter, je crois, c'est qu'il craint que tu prennes la pitié qu'il t'inspire pour de l'amour et que vous bâtissiez votre vie sur cette équivoque.

— De la pitié ? Qu'est-ce que tu vas chercher ? S'il m'a intéressée, c'est que je le trouve beau, malgré sa blessure.

— Beau, il ne l'est qu'*à moitié,* si je puis dire.

— C'est pas gentil. Comme, de plus, il est délicat, je l'aime. Voilà ! On en pensera ce qu'on voudra, ça m'est égal. Et s'il veut m'épouser, je dirai pas non.

Je l'embrassai et lui dis en me levant pour partir :

— Alors, quand il reviendra – parce qu'il reviendra, j'en mettrais ma main au feu –, prends les devants. Je suis persuadée qu'il n'attend que ça pour oublier ses complexes. Sois heureuse, ma chérie. Tu le mérites.

Flavie amoureuse... Cette perspective ne m'avait jamais effleurée, tant ce sentiment paraissait contraire à sa nature de fille soumise, depuis son plus jeune âge, à sa famille et à ses patronnes. Ni laide ni jolie, elle affichait une neutralité physique qui semblait inapte à inspirer la passion. Et voilà que l'aile de l'amour l'effleurait et qu'en l'espace de quelques semaines elle avait effectué une sorte de mue : elle était devenue plus jolie, plus coquette, plus assurée et, ce qui me laissait stupéfaite, disposée à la confidence, comme s'il fallait que débordât sa passion naissante pour cet infirme, et qu'elle se trouvât des témoins.

En revenant de chez Flavie, je fis halte chez Thérèse Delpeyroux. Elle habite dans les *barrys,* les quartiers bas du village, une grosse maison où, depuis le *Bal des célibataires,* elle réside avec Armand Guinot, l'homme qu'elle a choisi et qui n'a pas dit non.

Entre eux, les affaires n'ont pas traîné. Sans passer devant le maire, le curé et le notaire – on verrait plus tard... –, ils avaient décidé de vivre ensemble, *à pot et à rôt,* comme on disait dans l'ancien temps, à l'essai ou *à la colle* comme on dit aujourd'hui, sans se soucier des qu'en-dira-t-on.

Elle était occupée à semer des roses trémières le long de sa façade, comme Armand lui en avait donné l'idée : *pour faire joli.*

— Tu l'entends ? me dit-elle d'un air ravi. Armand n'arrête pas de chanter et de rouspéter. Il a installé un atelier de menuiserie dans ma chambre de jeune fille et y travaille du matin au soir, comme s'il voulait faire ses preuves. Ça lui est difficile. Il arrête pas de se plaindre en disant que le charpentier qu'il est n'a pas l'habitude de la menuiserie. De ma cuisine je l'entends gueuler pour dire qu'il y arrivera pas, mais moi, je sais que ça sera peut-être long, mais qu'habile comme il est, il y arrivera. Je lui fais des compliments pour le rassurer et l'encourager.

Je demandai à Thérèse pourquoi Armand ne s'était pas installé dans l'atelier de son défunt.

— Parce que ça lui fait de la peine, et à moi aussi, me répondit-elle. L'atelier d'un mort, tu comprends... Les outils, ça oui, il a accepté de s'en servir. Il vient de terminer une porte de bahut pour le patron de l'hôtel des Voyageurs. Faut voir le travail ! Il commence à avoir des commandes et songe à employer comme commis un des fils de la Jacotte. Il était temps, parce que moi, avec mon bout de jardin et mon allocation, je mangerais pas de la viande tous les jours.

Thérèse avait un autre motif de satisfaction : son fils, Étienne, un garçon de quatorze ans, trop fragile pour faire à la ferme autre chose que *garder*, venait d'entrer dans un collège industriel, à Tulle. Il s'intéressait, comme son défunt père, à la menuiserie, mais en finesse, ce qui laissait présager des dispositions pour l'ébénisterie. Ses idées de décoration faisaient l'admiration de ses maîtres.

— Nous comptons sur lui, ajouta Thérèse, pour aider Armand à la fin de ses études, et prendre la suite, plus tard. Pourvu qu'il décide pas de rester en ville...

— Il s'entend bien avec Armand ?

— On peut pas dire le contraire. Quand il revient et qu'il voit le travail de mon homme, ils s'engueulent, mais ça dure pas. Armand le considère comme son fils. Pourquoi il s'est pas marié ? À trente ans, ça peut paraître bizarre, mais il refuse d'en parler... Il m'a dit que ça l'a pas tenté et que ça regarde personne. Alors, du moment qu'au lit il se ménage pas, ce qu'il a fait avant, moi, je m'en fous...

Entre Alice Bernède et son *marlou,* André, dit Dédé, la lune de miel brillait de tout son éclat.

Dès le lendemain du bal, il s'était installé dans le logement de fonction que notre postière occupe au-dessus de son bureau et, quoi que puissent en penser le curé et ses menettes, ils ne cachaient guère leurs ébats. Dédé ne quittait sa chambre que pour aller chercher du pain chez Noémie, des cigarettes chez Eugénie Saulière, *Épicerie-tabac,* et s'arrêter pour boire un Pernod-fils chez la Jeanne. Parfois, l'après-midi, il allait pêcher sur la Glane, où Alice, son service terminé, venait le rejoindre, et faire du tricot en attendant la friture. On les avait surpris, à plusieurs reprises, à concilier pécher et pêcher. Une fois par semaine il prenait le train de Brive pour retrouver ses copains. La belle vie...

Tout semblait aller pour le mieux entre la Jacotte et Séraphin Ledru.

Chacun mettait du sien pour maintenir la paix dans le ménage, mais lui pour la plus large part. Elle l'avait prévenu : il faudrait marcher droit, et lui, avec son tempérament d'esclave et sa bonne volonté à toute épreuve, ne déviait pas d'un pouce. Il avait commencé à planter de la vigne, s'y entendait à soigner les bêtes et se plaisait avec les enfants. J'ignore si l'on peut parler de bonheur à leur sujet, mais l'équilibre que la Jacotte avait instauré *manu militari* dans leur couple pouvait prêter à confusion.

Dans les rapports entre Cécile et Robert, tout n'allait pas au mieux : ils avaient de justesse évité un drame.

Afin de perfectionner son point faible : le calcul, Sylvaine avait continué à fréquenter les cours du soir. Peut-être aussi voulait-elle montrer par sa présence qu'elle ne tenait pas rigueur à sa compagne de son éviction, avec un espoir de réconciliation.

Cécile, elle, prit cette présence pour une provocation. Elle fit mine de l'ignorer, jusqu'au soir où, excédée par des sourires qu'elle prenait pour de la raillerie, elle lui arracha son ardoise, l'essuya d'un geste rageur et écrivit ces quelques mots : « *Tu es trop ignorante pour lui.* » Sylvaine blêmit, et, les larmes aux yeux, se leva et se retira en prétextant un malaise.

Le lendemain soir, lorsque Cécile, sa classe terminée, remonta aux Bories-Hautes, la première chose qu'elle remarqua en entrant, c'est l'ardoise de Sylvaine posée sur la table. Robert l'attendait, assis dans le *cantou,* fumant sa pipe et ranimant la braise. Il se leva et, sans l'embrasser, prit l'ardoise et la lui mit sous le nez.

— Cécile, c'est bien vous qui avez écrit ça ? Ne dites pas non : je reconnais votre écriture.

— Je ne le nie pas ! répondit-elle sèchement. Et alors ?

— Et alors, vous allez me suivre et faire des excuses à votre amie.

— N'y comptez pas.

— Au moins, le regrettez-vous ?

— Pas le moins du monde. Elle m'a provoquée. J'ai répondu.

— Eh bien, vous allez devoir vous expliquer avec elle, en ma présence.

— Non, Robert, je refuse.

Il s'écria :

— J'exige que vous me suiviez. S'il le faut, je vous y traînerai par les cheveux. Ce que vous avez écrit là, cette ignominie, est indigne de vous. Je tiens à ce que vous le lui répétiez de vive voix et les yeux dans les yeux !

Ce que Cécile, peu fière de son exploit, m'a raconté avec sa franchise habituelle, m'a laissée pantoise. Sur le chemin de la Gane, alors que Robert l'entraînait d'une main ferme, elle eut, me dit-elle, conscience de l'absurdité et de la cruauté de son acte. Face à Sylvaine, elle s'effondra comme une chiffe, éclata en sanglots et lui demanda pardon.

Elle s'attendait à une bordée d'insultes, peut-être à une gifle. Sylvaine la prit contre sa poitrine, l'embrassa, la fit asseoir à son côté sur le bord de son lit, une main autour de son épaule, et lui dit :

— Tu m'as fait beaucoup de peine, ma chérie, mais, à y réfléchir, tu avais raison : je manque d'instruction et, sans toi, je n'aurais fait aucun progrès. Dans ces quelques mots que tu as écrits sur l'ardoise, il y a du vrai, j'en ai bien conscience. Tu m'as demandé pardon. C'est oublié. J'ai compris que, pour avoir accepté de venir me faire des excuses, tu devais tenir à Robert autant sinon plus que moi.

— Peut-être, a bredouillé Cécile. Je ne sais pas. Je ne sais plus. J'ai agi sur une impulsion, bêtement, mais mon intention de t'humilier s'est retournée contre moi. C'est une rude leçon. Je m'en souviendrai.

— Robert, dit Sylvaine, êtes-vous prêt, vous aussi, à lui pardonner ?

— Ne pas le faire serait contraire à mes principes. Levez-vous, Cécile. Je vais vous raccompagner.

Elle m'a avoué que, sur le chemin du retour, elle avait eu du mal à tenir sur ses jambes et qu'elle avait pleuré contre l'épaule de Robert, en lui demandant d'oublier cette faute et de rester près d'elle.

— J'ai eu du mal à vous pardonner, dit-il. Pour ce qui est de rester, ça demande réflexion.

Si, en revenant aux Bories-Hautes, par nuit noire, ils étaient passés devant la maison de Marie Duroux, ils auraient pu apercevoir, rangée sous les noisetiers de l'allée, une torpédo Amilcar de couleur bleue, dont les phares, discrètement allumés, brillaient comme des yeux de batracien géant.

Gérard de Saint-Andiol avait dû se dire que sa tentative de revoir Angélique en pleine nuit était risquée, un chien pouvant donner l'alerte et le faire déguerpir, mais il n'avait pu résister à la tentation. Depuis leur premier entretien, au *Bal des céli-*

bataires, il se sentait en proie à une singulière obsession accompagnée d'un défi : arracher cette gamine à sa mère et à son prétendu *fiancé*. Il se dit que cette démarche romantique et absurde ne pouvait se conclure que par un enlèvement.

Il fit le tour de la maison et resta près d'une heure à l'observer, comme si une porte allait s'ouvrir pour livrer passage à sa bien-aimée. Il n'avait plus à craindre l'irruption d'un chien, la maison n'en possédant pas. De la mère, c'était moins sûr. En observant les fenêtres de l'étage, il constata que les contrevents de l'une d'elles n'étaient pas encore fermés et qu'une faible lumière l'éclairait. Usant d'un procédé digne de Roméo ou de Cyrano, il ramassa un caillou et l'envoya contre les vitres. Une silhouette qui lui parut être celle d'Angélique se montra puis disparut. Au second projectile, la fenêtre s'ouvrit enfin et Angélique se pencha au-dehors. Il s'approcha en chuchotant :

— Angélique, c'est moi, Gérard. Vous vous souvenez de notre rencontre, le soir du bal. Je dois m'absenter pour quelques jours. À mon retour, j'aimerais vous revoir.

Elle gémit :

— Ne restez pas là, je vous en conjure. Ma mère pourrait nous entendre.

Elle s'effaça, revint quelques secondes plus tard, pour dire que sa mère était couchée mais avait le sommeil léger. Elle ajouta :

— Chaque jour, pour les vêpres, je me rends à l'église. Je vous attendrai sur la place, avant la sonnerie des cloches. Si je fais *oui* de la tête, c'est que vous pourrez venir me rejoindre, une heure plus tard, chez la couturière. J'y serai seule sans doute.

Après l'affaire de l'ardoise, Sylvaine m'a raconté sa rencontre avec Robert. Elle allait faire ses courses chez Noémie quand elle aperçut l'ingénieur en train d'installer, à l'aide d'un appareil optique, les liaisons entre les poteaux électriques. Elle s'approcha de lui et posa une main sur son épaule.

— Toi ! fit-il.

— Eh oui, moi. Ça te surprend ?

— Je veux dire... je ne m'attendais pas à te voir.

Elle tourna sur elle-même en riant.

— Comment me trouves-tu ?

— Très séduisante, comme d'habitude.

— C'est tout ? Tu ne remarques pas ma robe ? C'est le père Bernède qui me l'a offerte pour mon anniversaire et c'est Flavie qui me l'a faite.

— Elle te va très bien. Ça te change de tes défroques de fermière.

Elle lui dit à voix basse :

— Je n'ai pas oublié, Robert. J'y pense même sans arrêt.

Il prit un air détaché pour répondre :

— Oublié quoi ?

— Tu as la mémoire courte ! Je les ai pas oubliées, moi, nos nuits d'amour.

— Moi non plus, et je crois que je n'oublierai jamais.

— Ça, au moins, c'est gentil.

— Sylvaine, je regrette notre maladresse et je me sens fautif de t'avoir séparée de ton amie. Vous vous entendiez si bien... Je ne t'oublierai pas, Sylvaine, quoi qu'il arrive.

— Moi non plus, mais je trouverai bien un célibataire qui voudra de moi, malgré mon manque d'instruction. Désolée d'avoir interrompu ton travail. J'ai une course à faire. Ensuite, faudra que je prépare la soupe du vieux. *Adisias !* comme on dit en Corrèze.

Sa course faite, Sylvaine passa devant la mairie pour éviter de se heurter de nouveau à l'ingénieur. Joffre était en train de feuilleter un document en fumant une cigarette. Il s'exclama en la voyant :

— Madame Sylvaine, vous êtes bien élégante aujourd'hui ! Mais... vous avez pleuré ! Vos paupières sont rouges...

— Ce n'est rien, monsieur le maire, rien qu'un moucheron dans l'œil.

Il lui demanda de passer dans son bureau *pour parler un peu.*

— C'est gentil à vous, mais ce sera pour une autre fois. J'ai mon dîner à préparer.

Ils devaient se revoir une semaine plus tard lorsque Joffre, de la fenêtre de son bureau, la vit traverser la place. Il lui fit signe et lui annonça qu'il avait à l'entretenir de *choses importantes.*

— Vraiment ? dit-elle d'un ton ironique. Si *importantes* que ça ? Si c'est pour me parler de ma cohabitation avec votre vieil adversaire politique, monsieur Bernède, je n'ai rien à vous dire. Moi, la politique, vous savez...

— Il ne s'agit pas de ça. Allons, entrez.

Il la fit asseoir, sortit de son tiroir un paquet de gauloises qu'il lui tendit. Elle en prit une. Il la lui alluma en lui disant :

— J'aimerais que vous me parliez de vous, madame. Je vous dirai ensuite ce qui me préoccupe.

Elle lui parla de sa nouvelle condition de vie,

suite, dit-elle à une querelle avec Cécile, du tracteur qu'on lui avait rendu en bon état de marche, de... Il lui coupa brusquement la parole, comme si ce qu'elle lui racontait n'avait pour lui aucun intérêt.

— Ne tergiversons pas, Sylvaine. Permettez que je vous appelle par votre prénom ? Je sens bien que vous n'êtes pas heureuse. Je vous ai surprise, l'autre jour, en train de pleurer, ne dites pas le contraire. Est-ce la vie que vous menez dans notre village qui ne vous convient pas ? Vous vous y sentez étrangère ou considérée comme telle ? Vous pouvez tout me dire. Ce sera notre secret.

— Détrompez-vous, monsieur le maire, je...

— Vous pouvez m'appeler Jules. Voyons ! une femme telle que vous, belle, active, intelligente, n'a aucun avenir dans notre commune. Il n'en serait pas de même dans une ville, à Brive par exemple. Je vous vois très bien diriger une boutique de mercerie, de vêtements, ou, mieux encore, tenez : un café ! J'en connais un qui attend son acheteur. Ça pourrait être moi. Mais oui, Sylvaine, je pourrais l'acquérir et vous y installer à titre de gérante, du moins dans un premier temps. Réfléchissez à ma proposition. Vous avez tout à y gagner.

Elle faillit lui répondre que c'était tout réfléchi, mais elle choisit de lui décocher une pointe perverse :

— Il faudrait d'abord, monsieur le maire, en informer votre épouse. Pensez-vous qu'elle serait d'accord ?

Le visage de Joffre se crispa. Il écrasa sa cigarette à moitié consumée, étala largement ses coudes sur son bureau avant de répondre à voix basse :

— Mon épouse... Elle est très malade, au point

que je ne la tiens plus au courant de mes affaires. Ce que je souhaite, Sylvaine, c'est vous aider, avoir avec vous des liens plus... plus intimes. Peut-être me trouvez-vous trop vieux pour, comment dirais-je ? vous *associer* à moi, mais, quand je vous regarde, que je vous écoute, il me semble avoir vingt ans.

Il alluma une autre cigarette avant d'ajouter en se redressant :

— Je ne vais pas finasser plus longtemps. Je suis amoureux de vous, et ça ne date pas d'hier. J'en ai eu la certitude dès le jour où vous êtes venue emprunter mon tracteur et que je vous ai vue le conduire. Vous m'auriez demandé la lune, je vous l'aurais offerte.

Abasourdie, Sylvaine se leva. Il fit de même en lui demandant d'écouter avant de partir ce qu'il lui restait à dire. Quand, la prenant dans ses bras, il approcha ses grosses moustaches de son visage, elle le repoussa avec un cri. Lorsqu'il lui entoura la taille de ses bras et colla ses lèvres sur son cou, elle le gifla.

En s'écartant, il lui lança, avec une expression de colère froide :

— Au fond, tu n'es qu'une petite garce, une allumeuse. Alors, reste coucher avec le vieux Bernède ou ton ingénieur. C'est tout ce que tu mérites. Reviens me demander le tracteur, tu seras bien reçue ! Et maintenant, fous le camp !

Malgré la gifle qu'elle avait administrée à Joffre, Sylvaine avait supporté ces avances avec plus de passivité que je ne l'aurais imaginé. Après m'avoir raconté cette entrevue dans le détail, elle ajouta :

— Nom de Dieu ! pour qui se prend ce vieux porc, et pour qui me prend-il, moi ? Pour une fille qu'on peut acheter, comme au bordel ? Cette gifle, vois-tu, je la regrette pas. Elle a fait de lui un ennemi, mais ça m'a fait du bien. Désormais il me foutra la paix. Quant à son tracteur, je m'en tape !

Elle avait trouvé un pôle d'intérêt susceptible de retenir son attention jour et nuit : sa guinguette. Le vieux meunier lui avait laissé la voie libre, avec promesse de l'aider. Chaque fois qu'elle lui en parlait, il lui faisait, en haussant les épaules, la même réponse : « Si tu crois que c'est possible, alors pourquoi pas, si ça doit pas coûter trop cher. »

— Étant donné les dimensions de cette baraque, me dit-elle, on pourrait ouvrir une salle de restaurant, deux ou trois chambres, un terrain de boules et de quilles, des jeux pour les enfants... Je pense même qu'un poste d'essence...

— Tout ça est bien beau mais coûtera beaucoup d'argent et les banques ont d'autres priorités à traiter. Quant à ton meunier, il n'a pas gagné le gros lot à la loterie, que je sache...

— J'ai mon idée : des annonces dans les journaux, comme avec le *Bal des célibataires,* pour demander des associés. Avec la fin de la guerre, les gens ont besoin de se distraire. Il n'y a jamais eu autant de monde dans les lieux publics. Pour les travaux, nous avons déjà de la main-d'œuvre sur place. Armand Guinot a promis de nous aider pour la menuiserie, et de nous faire crédit. Il a même accepté de fabriquer deux ou trois barques pour des promenades sur la Gane...

Je songeai, sans le lui dire, à la fable de La Fontaine : *Perrette et le pot au lait.* Sylvaine rêvait, mais se moquer de ses projets l'eût mortifiée. Je préférai lui parler de Robert, sachant qu'elle ne faisait pas secret de ses sentiments, du moins avec moi. Serait-il encore là pour l'inauguration de la guinguette ?

— Je l'ignore. Tout ce que je peux te dire, c'est qu'il a promis de prendre en main l'éclairage, à titre gracieux, évidemment. Il doit partir, ça c'est sûr, mais il pourra revenir de temps en temps.

Revenir de temps en temps ? J'en doutais. Robert Le Floch me semblait, bien que nanti d'une fonction administrative, être de cette race d'aventuriers qui ne s'attachent pas et laissent à chacune de leurs escales plus de souvenirs que d'espoirs. Pouvait-il en être autrement ? Rien n'indiquait qu'il ne fût pas marié ou qu'il n'eût pas une attache, comme un port où jeter l'ancre. Il ne jouait pas de ce secret mais il s'imposait. Que Sylvaine puis Cécile n'en eussent pas conscience me surprenait et me navrait. Il est vrai que ces petits secrets ajoutaient à sa séduction.

Le hasard semblait peu disposé à favoriser les rencontres amoureuses d'Angélique et de Gérard.

Celle qu'ils avaient prévue sur la place de l'église puis dans l'atelier de Flavie avait piteusement échoué. Il était ponctuel au rendez-vous, mais sa torpédo était tombée en panne devant la halle. Plongé dans le moteur avec le concours de Jeantounet, il avait perdu de vue l'adolescente. Le jour suivant, le moteur réparé, c'est le destin qui était tombé en panne, et là, Jeantounet était impuissant : Angélique n'était pas au rendez-vous.

C'était à désespérer, mais ni lui ni elle ne s'y résolurent. Leurs relations tenaient à des fils de toile d'araignée. Si l'un d'eux cédait sur un coup de vent, l'ensemble résistait.

Après la torpeur imposée par la guerre, la vie à Saint-Roch reprenait peu à peu son rythme habituel avec, de temps à autre, un petit théâtre de drame qui ne dégénérait pas en tragédie.

L'événement dont l'abbé Brissaud fut responsable faillit en revanche avoir des conséquences qui auraient dépassé largement les limites de la commune et fourni de la pâture à la presse. Emma Berthier, qui en fut témoin, ne se fit pas faute de m'en parler en contenant son émotion..

Parfois, de préférence en profitant de l'absence de l'abbé Calmel, appelé souvent à Tulle, Brissaud invitait sa vieille amie – de mauvaises langues disaient : sa *plus qu'amie* – à dîner ou à souper en tête à tête au presbytère.

Ce fut le cas dans les premiers jours de mars.

Un soir, alors que l'abbé, assis dans son fauteuil de vannerie, l'attendait en fumant sa pipe, devant la fenêtre ouverte sur la place, il ne répondit pas à son salut, et pas davantage quand elle lui demanda si elle pouvait faire réchauffer la soupe. Il semblait absorbé, au point de ne voir et n'entendre rien d'autre que le travail de l'ingénieur occupé à diriger l'implantation d'une console électrique sur la façade de l'épicerie de Noémie.

Emma s'approcha, lui toucha l'épaule et lui demanda s'il était souffrant.

— Cet individu, dit-il en montrant Le Floch, cet ingénieur, lorsque je l'ai rencontré ici pour la première fois, j'ai eu l'impression de l'avoir déjà vu, mais sans me souvenir où et en quelles circonstances. Eh bien, aujourd'hui, plus de mystère, Emma ! La mémoire m'est revenue. Cet homme que le village respecte, que le maire invite à sa table, qui est reçu dans les administrations, eh bien, cet homme est un criminel !

Emma sursauta, les mains sur son visage.

— Que me dites-vous là ? Monsieur Le Floch un criminel ? Un homme si courtois...

— Je persiste et signe.

Il se leva lourdement, alla taper le culot de sa pipe contre le montant de la cheminée et fit, comme un somnambule, le tour de la table en marmonnant :

— Je sais ce que je dis, ma fille ! C'était... oui, je m'en souviens... c'était sur le front, au cours d'une des dernières offensives françaises, celle de Mangin, alors que les Boches étaient à une soixantaine de kilomètres de Paris, près de Villers-Cotterêts. Si je m'en souviens, c'est que, la veille d'une attaque de nos poilus, j'ai célébré la messe dans une tranchée. J'ai surpris, peu après, une altercation entre le capitaine et un sous-lieutenant. J'ai oublié le nom du premier, mais le second est resté gravé là, dans ma tête : Robert Le Floch.

— Êtes-vous sûr, vraiment, de votre mémoire ? Vous reconnaissez vous-même qu'elle vous joue des tours.

L'abbé protesta avec vivacité, comme si on venait de l'insulter.

— Je ne suis pas gâteux, Emma, et, pour certains faits, ma mémoire est infaillible ! Je me souviens qu'on appelait ce sous-lieutenant *le Breton,* qu'il était aimé de ses hommes et apprécié de ses supérieurs. En revanche, ce jour-là, il semblait avoir perdu la tête. Au moment prévu pour l'attaque, il s'est écrié qu'il refusait d'envoyer sa section à la boucherie, comme celle qui l'avait précédée, que pas un de ses hommes n'en reviendrait, que c'était une folie inutile... Le capitaine l'a menacé de son revolver. Le Floch a sorti le sien et a tiré le premier. Cette scène, je l'ai vue comme je vous vois. J'aurais pu alerter les officiers, dénoncer le coupable, mais je pensais que d'autres s'en chargeraient. Il y a eu un bombardement de nos lignes, puis j'ai été appelé en d'autres lieux pour aider les brancardiers...

— Calmez-vous, lui dit Emma. Ça ne vous vaut rien de vous mettre dans ces états. La soupe va être prête. Tenez, buvez un verre de vin en attendant, ça vous remettra.

Le vin, la soupe... Il s'agissait bien de ça ! Il fouilla dans l'armoire, jeta sur la table une feuille vierge, un porte-plume et un encrier qu'il faillit renverser.

— Ce crime ne peut rester impuni, dit-il. Cet homme méritait la cour martiale et les douze balles du peloton d'exécution. Asseyez-vous et écrivez. Je suis trop énervé pour le faire. Voyez, Emma, mes mains tremblent. Je vais vous dicter une lettre pour l'autorité militaire de Tulle...

Quand il eut terminé le récit du drame, il demanda à Emma de poster la lettre sur-le-champ.

Elle lui fit observer qu'à cette heure Alice avait fermé son bureau et qu'elle n'avait pas de timbre. Il faudrait attendre le lendemain.

Ce soir-là, l'abbé Brissaud, réputé épicurien et gros mangeur, se contenta de sa soupe et d'un chabrol, avant d'aller se coucher, encore frémissant d'émotion.

— J'ai trahi ma mission, m'a confié Emma. Cette lettre, je l'ai lue et relue. J'ai passé la nuit à interroger ma conscience, à me demander si j'allais ou non obéir à l'abbé. Au lever, ma décision était prise. Je me suis refusée à être complice d'un nouveau crime, et celui-ci avec préméditation. Cette idée m'était insupportable. J'y ai renoncé. Cette lettre n'est pas partie.

— Qu'en avez-vous fait ?

— Ça va te paraître saugrenu, mais je suis allée la montrer à Jules Bernède et lui demander son avis.

— Bernède ? Pourquoi lui ?

— J'ai pensé au maire, mais je le connais : il aurait approuvé la démarche de Brissaud. L'abbé Calmel aurait fait de même. Bernède, lui, c'est un *rouge*, mais un honnête homme et qui a le sens de la justice.

Le meunier avait lu le document, l'avait relu, s'était gratté le menton, avait hoché la tête et dit à Emma :

— C'est une affaire bigrement sérieuse, ma petite. S'il ne tenait qu'à moi, je jetterais cette lettre au feu. Brissaud attendra longtemps la réponse et finira par se faire une raison. À son âge... Il est vrai que détourner un courrier est un geste grave, et c'est pas ma fille qui vous dira le contraire.

— Alors, que faire, monsieur Bernède ?

— Raconter cette affaire à Cécile en lui demandant de prévenir l'ingénieur au cas où Brissaud irait raconter cette histoire à des tiers. Elle le connaît mieux que personne. Faites ce que je vous dis et tenez-moi informé.

C'est de Cécile que je tiens la suite de cette affaire.

Emma était allée la trouver le soir même et lui avait montré la lettre de Brissaud. Elles avaient décidé d'attendre le retour de l'ingénieur pour le mettre au courant.

— Robert, lui dit Cécile, il faut partir. Le plus tôt sera le mieux.

— Qu'ai-je encore fait ? protesta-t-il.

Elle lui tendit la lettre. Il la parcourut, laissa tomber son bras en soupirant, la reprit.

— L'abbé aurait pu être abusé par une ressemblance, dit Cécile.

— Il dit la vérité. Ce capitaine, cette ordure, je l'ai tué au moment où il s'apprêtait à tirer une balle dans la tête d'un de mes hommes qui avait eu un moment de faiblesse et refusait de franchir le parapet de la tranchée avec ma section. C'était lui ou tous mes hommes. Ce serait à refaire, je le referais.

Il ajouta :

— Ce que l'abbé semble avoir ignoré, c'est que le capitaine s'en prenait à un *bleu,* un môme terrorisé qui, quelques minutes avant l'attaque, pris de tremblements, avait vomi et déféqué. Il l'avait forcé à se lever et à se mettre en position. Lorsque le jeune soldat a arraché son casque et jeté son fusil, il a sorti son pistolet et lui a posé le canon contre la tempe.

C'est alors, que, pris de rage, j'ai descendu l'officier d'une balle dans la tête.

Aux dires d'Emma, ce récit différait sensiblement de celui que l'abbé lui avait fait la veille. Brissaud avait-il, sciemment ou non, occulté l'histoire du jeune soldat ?

— Cette scène, précisa Robert, s'est déroulée à quelques pas de l'aumônier et en présence de tous mes hommes, qui pourraient en témoigner sans parti pris. Il se démenait, demandait au sergent de m'arrêter et d'aller prévenir un officier dans la tranchée voisine. Puis nous avons été bombardés et j'ignore ce qu'il est devenu. Quant à moi, j'ose le dire, j'ai déserté pour me faire oublier.

— Je regrette votre geste, dit Cécile, mais je ne puis vous le reprocher. Votre capitaine était une brute. Pierre aurait agi comme vous l'avez fait, j'en suis persuadée.

— Cécile a raison, dit Emma. Il faut que vous partiez. Je crains que Brissaud, en plus de cette lettre, n'alerte le maire ou la gendarmerie. Remonté comme il l'est, je l'en crois capable. Vous risquez la cour martiale.

— Partir comme un lâche, répondit Robert, je m'y refuse. Si je suis arrêté, je me défendrai.

Le lendemain, son jour de congé, Cécile prépara le petit déjeuner et le monta à Robert qui tardait à descendre. Elle avait mal dormi et lui n'avait pas fermé l'œil. Installé à son bureau, il sourit en la voyant paraître, fraîche malgré sa mauvaise nuit et discrètement parfumée à l'iris.

— Il est très rare, dit-il, qu'une hôtesse si agréable à regarder me serve le petit déjeuner dans ma chambre. Ça me rappelle ma mère qui faisait de même le jeudi et le dimanche. Voilà une attention que je n'oublierai pas.

Elle posa le bol et les tartines sur le bureau. Il la prit par la taille, l'attira contre lui, son visage contre son ventre, mais s'en éloigna brusquement et s'excusa de ce geste incongru. Elle lui caressa les cheveux.

— Ce n'est pas le moment de m'attendrir, dit-il d'un air sombre. J'ai failli suivre votre conseil et déserter une nouvelle fois, en pleine nuit, puis j'ai réfléchi. Je veux rencontrer Brissaud. Il va être surpris de ma visite et sera furieux contre Emma en apprenant qu'elle l'a trahi, mais j'espère lui faire comprendre qu'il allait commettre une sottise et une infamie.

— Et que ferez-vous s'il s'acharne ?

— Rassurez-vous, je ne vais pas le tuer pour supprimer un témoin gênant, comme au cinéma. S'il persiste dans son projet, je partirai et on n'entendra plus parler de moi. Il y a du travail en Afrique...

Cécile décida d'accompagner Robert jusqu'au presbytère. Elle lui prépara un bagage léger en vue d'une fuite éventuelle, avec un en-cas qu'elle plaça dans la besace que Pierre prenait pour se rendre à la foire de Meyssac.

Ils trouvèrent Emma en train de bêcher le jardin du curé. Elle lâcha son outil et lança à Robert :

— Que faites-vous ici ? Vous savez ce que vous risquez ? Non seulement vous courez un grand danger, mais vous me mettez dans l'embarras vis-à-vis de l'abbé. Alors pas de provocation inutile ! Disparaissez !

— Cette *provocation,* comme vous dites, m'est

nécessaire. J'espère qu'elle pourra dissiper un malentendu et m'éviter des ennuis. Où est Brissaud ?

— Il a fini sa toilette et boit son café au lait. Voulez-vous que je le prévienne de votre visite ?

— N'en faites rien. L'effet de surprise sera pour moi un avantage. Merci de m'avoir accompagné, Cécile, mais je préfère l'affronter seul.

Lorsque l'ingénieur entra dans la salle commune du presbytère, l'abbé, occupé à laver son bol dans la *bassière*, lui tournait le dos. En entendant grincer la porte, et croyant qu'il s'agissait de sa compagne, il s'écria :

— Emma, quand vous irez à l'épicerie, pensez à me prendre un paquet de gris et des allumettes.

— Ce n'est pas Emma, dit Robert. Je me présente : sous-lieutenant Le Floch. Nous sommes de vieilles connaissances, l'abbé. Vous devez vous souvenir de moi et d'un incident qui a eu lieu en juin dix-huit, près de Villers-Cotterêts.

Brissaud s'appuya des deux bras à la pierre de l'évier et se retourna lentement, bouche bée, bredouillant :

— Vous... je ne comprends pas... Emma...

— Ne lui en voulez pas. Elle m'a sauvé de la cour martiale et a soulagé votre conscience en vous évitant de sacrifier une nouvelle victime à la guerre. J'ai pris connaissance de votre lettre aux autorités militaires de Tulle. Avez-vous prévenu la gendarmerie ?

— Je n'en ai pas eu le temps, mais soyez assuré que je le ferai dès aujourd'hui.

L'abbé tremblait sur ses jambes, au point qu'il faillit s'écrouler entre la *bassière* et la table. Blême, suffoquant, il se laissa tomber sur une chaise, ses mains tremblotantes froissant nerveusement la nappe. Il ajouta d'une voix vibrante d'émotion :

— Quoi que vous pensiez de cette lettre, je n'ai fait que ce que me dictaient ma conscience et mon sens de la justice.

— Votre conscience, l'abbé, ne semble guère se référer aux Évangiles. Vous préférez la justice des hommes à celle de Dieu, mais en l'occurrence elle est sujette à caution.

— Prétendez-vous m'apprendre à interpréter les Évangiles ? Vous y allez un peu fort, jeune homme ! Vous avez commis un assassinat. Il va falloir assumer les conséquences de votre acte. Qui a tué par le fer doit mourir par le fer.

— Je récuse le terme *assassinat*, qui suppose une préméditation. Ce n'était pas le cas. Tout au plus peut-on parler d'un acte spontané, imposé par les événements. Je pourrais le regretter, mais je n'en rougis pas. Je vous rappelle que notre capitaine, outre qu'il allait obéir aveuglément aux ordres et envoyer ma section à un massacre certain, s'apprêtait à brûler la cervelle d'un soldat qui hésitait à escalader le parapet. Il s'agit d'un acte de légitime défense par personne interposée : moi-même.

— De quoi parlez-vous ? balbutia l'abbé. Qui est ce jeune soldat dont vous parlez ?

— Vous étiez sans doute trop occupé à sauver des âmes pour avoir assisté à toute la scène ! En votre âme et conscience, qu'auriez-vous fait à ma place, face à la menace d'exécution sommaire d'un innocent par un forcené ?

— Un forcené, dites-vous ? Je connaissais cet officier. Il avait reçu des ordres. Son devoir était de les faire exécuter. À la guerre, on ne discute pas les ordres !

— La guerre... les ordres... Prétexte facile. Vous, le ministre de Dieu, vous devriez comprendre que ma réaction fut d'éviter un assassinat en commettant un meurtre. Le fait qu'il s'agisse d'un officier et d'un simple soldat ne change rien au principe. Si vous aviez été à ma place, l'abbé, vous-même, homme d'Église et désarmé, vous auriez tenté d'arrêter le geste de l'officier, au risque de voir son arme se retourner contre vous. Il était ivre et avait peur, plus que nos hommes. Après avoir reçu l'ordre d'attaquer, il a avalé une fiasque d'eau-de-vie, si bien qu'il était comme fou. Il aurait pu tuer son frère ou son père à la place de ce pauvre garçon. Cette guerre, l'abbé, a accouché de monstres !

L'ingénieur tourna le dos au prêtre, comme s'il allait se retirer. Puis il se retourna brusquement, et, pointant un doigt sur lui, jeta d'une voix grinçante :

— Vous avez abreuvé votre patriotisme à des fontaines empoisonnées, l'abbé ! Déroulède, Victor de La Prade, ou ce pauvre Péguy. *« Heureux les épis mûrs et les blés moissonnés... », « Rantanplan, les petits soldats deviendront l'orgueil de la France... ».* Vous voyez où toutes ces conneries nous ont menés : à une hécatombe de millions de morts. Et vous allez m'accuser d'avoir tué un sale type d'officier ivre et à moitié fou qui s'apprêtait à sacrifier ma section pour la gloire, pour rien ?

Le visage empourpré par la colère, il se laissa tomber sur une chaise, en face du prêtre, avant de poursuivre d'une voix saccadée :

— Je rougis de honte, oui, l'abbé, à la pensée

que l'homme paisible que j'ai toujours été ait pu combattre et tuer, parfois à l'arme blanche, de pauvres bougres qui n'avaient commis qu'une faute : être nés de l'autre côté de la frontière et ne pas parler ma langue. Oui, l'abbé, j'ai tué des pères de famille, de jeunes hommes, presque des adolescents, avec lesquels j'aurais pu fraterniser...

Il évoqua un épisode de la guerre qui avait fait scandale à l'état-major. Au cours d'une nuit de Noël, des soldats allemands avaient confectionné un arbre illuminé de chandelles, et l'avaient posé sur le parapet de leur tranchée en chantant *O Tannenbaum* et *Kling, Glockenchen Klingelingeling.* Peu à peu, avec précaution, des hommes étaient sortis des tranchées adverses pour fêter la Nativité, se tendre la main, s'embrasser, échanger de la gnôle contre du schnaps. Le lendemain, ils s'étripaient.

— Les états-majors des deux armées ennemies, dit Le Floch, n'ont guère apprécié cet intermède qui enfreignait les ordres. J'ignore si les coupables ont été punis. Imaginez, l'abbé : si cette initiative s'était multipliée sur l'ensemble du front, la guerre se serait peut-être terminée cette nuit-là. Quel affront pour nos généraux !

Il poursuivit :

— Je vais vous faire un aveu. Parfois, avant d'escalader le parapet et de foncer sous la mitraille, me revenait en mémoire un commandement du Décalogue, le sixième, je crois : *Tu ne tueras point,* et je me disais que la religion aurait des comptes à rendre pour avoir associé le goupillon au sabre ! J'étais catholique, comme vous, et des plus fervents. La guerre a fait de moi un athée. Voilà, pour vous, un motif supplémentaire de me livrer à la justice militaire. Alors, pas de scrupules, faites-le !

Il sortit de sa poche la lettre décachetée et la jeta sur la table.

— Faites donc ! Il n'est pas trop tard et je ne me déroberai pas. Alice vient d'ouvrir son bureau de poste. Pour plus de sûreté, vous pourrez téléphoner à la gendarmerie. À la fin de la journée, vous serez débarrassé d'un assassin. Eh bien ! que décidez-vous ?

Brissaud arrêta de pétrir ses mains.

— Monsieur l'ingénieur, tout ce dont vous parlez, je l'ai vécu, et je n'ai pas fait que sauver des âmes, comme vous dites, croyez-moi ! Je suis revenu du front déprimé et écœuré, doutant de ma mission et de ma foi, au point de décider de me ressourcer à la Trappe. J'ai constaté que, si je doutais des hommes, ma foi en Dieu était intacte. Dieu n'est pas responsable de la folie des hommes. S'il ne peut y mettre un frein, il leur apporte une aide qui leur permet d'en supporter les conséquences. Grâce à la foi, j'ai aidé beaucoup de nos soldats à supporter leur souffrance ou à mourir.

Le Floch se leva, se recoiffa et tourna le dos pour se retirer.

— Attendez ! lui lança l'abbé. En dictant cette lettre après m'être souvenu de cet épisode, j'avoue que j'ai cédé à une impulsion mal contrôlée. Je... oui, je le regrette, et je conviens que mon témoignage est contestable. Alors, pour cette lettre, faites comme moi, je vous prie : oubliez-la.

Il la prit et la déchira.

8

L'érotisme aux champs

Nous longions, Cécile et moi, la façade du bistrot de la Jeanne quand nous vîmes la main de Sylvaine s'agiter derrière la vitre pour nous faire signe de la rejoindre. Nous la trouvâmes attablée, seule devant un bock de bière, à cette heure où les hommes valides étaient aux champs, dans leur vigne ou à leur établi.

— C'est moi qui régale ! nous dit-elle joyeusement. Commandez ce que vous voulez.

Cécile, éberluée, demanda un verre de blanc et moi une limonade. Derrière son comptoir, la Jeanne fredonnait *La Madelon.* À la fenêtre de la cuisine, ses canaris saluaient le printemps. Je m'efforçai de dissimuler l'heureuse surprise que j'éprouvais de la rencontre entre ces deux femmes qui, après leur querelle, se retrouvaient comme si de rien n'était.

Sylvaine roula une cigarette de gris, tendit le paquet à Cécile qui ne se fit pas prier. Elle avait une affaire plaisante à nous raconter. Après une première bouffée elle éclata de rire.

— Figurez-vous que Thérèse Delpeyroux est allée à confesse dans la matinée. En revenant de l'église, comme elle ne peut pas tenir sa langue, elle m'a tout raconté. Ben, mes enfants, c'est gratiné ! Ce Calmel, il est encore plus bégueule que je croyais.

— Raconte, dit Cécile.

Thérèse, comme elle le faisait couramment, avec ou sans motif sérieux, se rendait au confessionnal comme on va aux cabinets. Elle préférait Calmel à Brissaud. Plus jeune, il la comprenait mieux, pensait-elle.

Cette fois-ci, exceptionnellement, elle avait un péché grave à confesser. Mortel peut-être ? Il appartiendrait au confesseur d'en juger. Comme elle hésitait devant l'énormité de sa faute, il l'encouragea :

— Voyons, ma fille, ne vous troublez pas. Il faut me dire la vérité toute nue.

Elle avait bredouillé d'une voix larmoyante :

— Comment vous avez pu deviner ? Toute nue... Oui, mon père, je me suis mise toute nue devant un homme.

— Nue ? volontairement ? Et devant qui ?

— Ben, oui, et devant l'homme que j'héberge, Armand Guinot, mon menuisier. C'était un péché, je le sais bien, mais j'ai pas pu résister, tellement je sentais que ça lui faisait plaisir.

Le prêtre lui avait demandé ce qui s'était passé par la suite. Ce pervers n'avait pas été déçu, Thérèse n'étant pas avare de détails pour toutes les circonstances de sa vie. Dans la chambre où ils faisaient la sieste, elle lui avait laissé caresser sa poitrine et ses hanches. Elle avait défait son corsage jusqu'au nombril, enlevé son tablier, sa jupe, tout le reste, sauf ses bas, car l'air était encore frais.

— Et ça vous a fait plaisir de vous montrer nue ?

— Ben, oui... Un peu. Mais si j'avais refusé, ça lui aurait fait de la peine, et il est si serviable...

Calmel l'avait pressée dans ses derniers retranchements, qu'elle semblait toute disposée à lui ouvrir. Circonstance atténuante : si Thérèse avait commis un péché en se dénudant devant un homme qui n'était pas son mari, il allait sans doute le devenir. Ils n'avaient fait que prendre une avance. Cette faute, elle l'avait expiée par des prières.

— Mon Dieu, soupira le prêtre, ce n'est pas à vrai dire un péché mortel. À moins que... Avez-vous copulé ?

Copuler ? Elle lui avait fait répéter ce terme dont la signification lui échappait. Il s'énerva :

— Ça veut dire forniquer, s'accoupler, faire l'amour ou, pour parler vulgairement, baiser ! Si oui, y avez-vous pris du plaisir ?

— Oh oui, mon père ! Même que j'ai crié si fort qu'il a mis sa main sur ma bouche.

— Il ne vous a pas violée, au moins ?

— Violée, lui ? Ben, non, il est trop délicat, mais j'ai failli m'évanouir cinq fois.

— Vous dites bien cinq fois ?

— Peut-être bien davantage. Je sais plus. Il arrêtait pas, il...

— Ça suffit, Thérèse. J'en ai assez entendu. Tant que je n'aurai pas béni votre union, vous devrez renoncer à coucher avec cet homme que vous connaissez à peine et qui, peut-être, vous quittera demain.

Sylvaine acheva son bock avant de poursuivre :

— Calmel lui a imposé une contrition sous

forme de prières. Elle a récité je ne sais combien de *Pater* et d'*Ave*. C'est à sa sortie de l'église que je l'ai rencontrée. La pauvrette se frottait les genoux et avait une mine pitoyable. Quand je lui ai demandé si elle avait fait une chute, elle m'a raconté sa confession sans que j'aie à la relancer. Elle m'a parlé avec émotion d'Armand, du plaisir qu'il lui avait donné, des faux remords qui avaient suivi son acte, du regret qu'elle avait de devoir interrompre leurs relations sexuelles.

Elle avait dit à Sylvaine, qui nous rapporta ses propos :

— Faut que j'arrête, mais comment faire ? Dès qu'Armand me touche, j'ai envie. C'est plus fort que moi. Même si la Sainte Vierge ou mon pauvre mari – que Dieu ait son âme ! – me regardait, je crois que je pourrais pas m'en priver...

Sylvaine commanda une autre bière et sortit quelques pièces de son porte-monnaie.

— Vous pensez bien que je l'ai pas laissée dans cet état. Je lui ai fait comprendre, ou du moins j'ai essayé, que le sentiment qu'elle éprouve pour cet homme et celui qu'il ressent pour elle sont un don du Ciel et que le curé, au lieu de la tourmenter avec ses balivernes, aurait mieux fait de s'occuper de ses oignons.

Elle lui avait dit :

— Si tu te refuses à ton Armand, il le prendra pour du dégoût et foutra le camp. Alors, faudra que tu en cherches un autre, mais ce sera pas le même tabac. C'est ça que tu veux, dis, innocente ? Tu as joui ? Et alors, c'est interdit par la Bible, peut-être ?

Cette dinde lui avait répondu que de tels conseils

risquaient de compromettre son salut éternel et que la conseillère n'était pas un exemple à suivre !

Ce dialogue de sourds avait donné à Sylvaine une idée dont elle tint à nous entretenir :

— Puisque les cours du soir sont une réussite, pourquoi n'en organiserais-tu pas d'autres sur la sexualité ?

Je lui ai demandé si elle plaisantait. Elle a réagi avec sa vivacité coutumière.

— Tu devrais mieux lire les journaux et les gazettes, Malvina ! J'y passe des heures, moi, et j'y apprends des choses. Ce genre de cours, ça existe.

— Dans les villes, oui, mais à Saint-Roch...

— Et pourquoi pas ? Vos paysannes sont peut-être moins évoluées, mais pas plus sottes que les bourgeoises de Brive. Elles comprendraient vite que c'est leur intérêt d'apprendre ces choses et de ne pas laisser à leur curé le soin de s'occuper de leur cul.

— Et c'est toi, peut-être, dit Cécile, qui va leur donner des leçons ? Ne compte pas sur moi. Je manque d'expérience dans ce domaine.

Sylvaine a haussé les épaules en éclatant de rire.

— Ni toi ni moi, sotte ! On pourrait le proposer au médecin de Meyssac, Amiot.

— Eh bien, fais-le, lui dis-je. Après tout, pourquoi pas ?

— C'est déjà fait. Je lui ai téléphoné. Il est d'accord... Il m'a même félicitée...

Le projet original initié par Sylvaine ne fut pas long à aboutir.

Au début, les femmes doutèrent de sa réussite. Les hommes, eux, en plaisantaient grassement. Pour son premier cours, le médecin n'eut que deux auditrices et trois au suivant, puis cinq, puis dix. Le bouche-à-oreille avait joué en faveur de cette initiative. Il jugea que les effectifs étaient suffisants pour un bon travail de groupe.

Il apporta un livre qu'il considérait comme sa bible, un ouvrage de vulgarisation : *L'Éducation sexuelle,* d'André Lorulot. Il s'y référait au cours de ses exposés et le faisait circuler dans l'assistance pour montrer les illustrations concernant les organes sexuels masculins et féminins.

Après quelques séances, il dit à Sylvaine :

— Je suis effaré par le degré d'ignorance de ces jeunes femmes. Pour parler de leur vagin, elles disent *mon chose.* Elles n'ont jamais entendu des mots comme utérus, clitoris, trompe. De même pour les organes masculins. Elles ont appris, et elles en rigolent, des mots nouveaux comme verge ou testicules. Leur vocabulaire est – comment dire ? – préhistorique. Elles ont tout à apprendre. Quant à l'hygiène, je ne vous dis pas. J'ai interrogé certaines anciennes élèves de Sainte-Thérèse qui ne procèdent à des toilettes intimes qu'à Pâques ou à la Trinité, tant elles jugent ces soins contraires aux bonnes mœurs...

Il avait constaté avec regret que quelques-unes de ses élèves ne venaient que pour rire un bon coup et raconter ces curiosités à leur mari ou à leurs copines. Lorsque Amiot dessinait au tableau noir des images d'organes sexuels, elles s'esclaffaient. Il dut jeter dehors la Jacotte et Julia Vedrenne, notre sage-femme et son ennemie jurée, qui se moquait ouvertement de ces théories modernes.

On l'écouta avec plus de sérieux et d'attention lorsqu'il en arriva au chapitre de la contraception : un mot savant et une pratique qui n'entraient pas dans leur langage et dans leurs habitudes. Elles furent ébahies en apprenant qu'elles pouvaient devenir maîtresses de leur pouvoir génétique, n'être grosses que si elles le désiraient... Ça, c'était une révolution !

Le docteur Amiot leur dit un soir :

— Mesdames, la sexualité et la procréation ne doivent pas rester des sujets tabous. Je veux dire qu'il faut en parler librement, entre vous, sans fausse pudeur, vous aider les unes les autres grâce à vos expériences. Il faut oser communiquer. C'est votre santé et votre situation de famille qui sont en jeu. Cessez de rigoler ! L'une d'entre vous accepterait-elle de se confier à cette assemblée ? Voyons... voyons... Personne ?

— Moi, dit Sylvaine.

Elle raconta sa rencontre avec son mari, leur stratégie amoureuse rudimentaire, parfois dans un bois ou dans la grange à foin quand ça les prenait. Elle leur parla de ses deux fausses couches qui, par négligence, avaient failli lui coûter la vie. On donnait plus de soins à une vache en train de mettre bas qu'à une femme en mal d'enfant. On appelait plus volontiers le vétérinaire que la sage-femme ou le médecin...

Flavie leva un doigt timide.

— Moi, dit-elle, avant de me donner à un homme, je veux être sûre de l'aimer et qu'il m'aime aussi.

— Tu le sauras, lui lança Sylvaine, quand tu auras couché avec lui deux ou trois fois. C'est une précaution indispensable, sinon tu risques, par la suite, d'avoir des déceptions.

Emma demanda timidement s'il y avait un âge pour s'aimer. Cette question, lui répondit Amiot, dépassait sa compétence : il n'était pas venu pour parler sentiment mais sexualité.

— Pour procréer, vous le savez, il y a des limites d'âge, mais pour s'aimer et faire l'amour il n'y en a pas.

Parfois, quand il était de bonne humeur, il parlait dans leur patois un langage un peu dru. Les visages se décrispaient et l'ambiance se détendait.

Cécile me révéla un secret qu'elle prétendit être seule à détenir et qui me stupéfia : Emma était amoureuse.

— Amoureuse, cette vieille fille, et de qui ? Pas

de Brissaud, je suppose, encore que... Du maire, peut-être ?

— Tu es sotte ! Je te le donne en mille : du vieux Bernède.

Elle, la bigote et lui, le *rouge* ? Allons donc ! Je manifestai mon scepticisme, mais Cécile paraissait sûre de cette information. Elle ajouta :

— Ça remonte à la mort de la meunière. Il en a ressenti un tel chagrin qu'il a songé à se noyer dans la retenue du moulin. Emma l'a réconforté et l'a aidé à remonter la pente. Elle n'est pourtant pas parvenue, comme elle le souhaitait, à le convertir, mais elle ne lui en a pas voulu. Depuis, ils sont amis, même si ça ne se remarque pas, enfin, pas trop. Sylvaine les a vus récemment se promener sur le bord de la Gane, elle à son bras. En conclure que ça finira par un mariage serait hasardeux, mais n'est pas impossible. Ça pourrait en tout cas expliquer la question qu'elle a posée à Amiot : Y a-t-il une limite d'âge pour s'aimer ?

Les cours se poursuivirent jusqu'au début des travaux du printemps. Il y vint quelques hommes, mariés, célibataires ou en ménage depuis le jour du bal. Ils venaient seuls ou accompagnés de leur femme ou de leur compagne. La plupart partaient avant la fin du cours et ne revenaient pas. Ces affaires de sexe les amusaient quand ils en parlaient entre mâles, mais les gênaient ou les choquaient en présence des femmes. J'ai observé que, dans ce domaine, ils sont aussi curieux mais plus bégueules que nous.

Ces cours s'arrêtèrent au bout de quelques mois.

Informé par l'abbé Calmel, l'évêché avait réagi avec vigueur et interdit qu'ils eussent lieu à Sainte-Thérèse. Comme Cécile ne trouvait pas d'endroit favorable pour assurer leur continuité, elle y renonça, en se disant que le bon grain était semé et donnerait de bonnes moissons.

Je me plaisais à constater que la bonne entente qui s'était renouée entre Cécile et Sylvaine perdurait.

Durant les cours, elles se tenaient côte à côte et semblaient avoir oublié leurs différends. Je m'en réjouissais d'autant plus que le chantier de l'électricité tirait à sa fin, que l'ingénieur n'avait, du moins à ma connaissance, aucun projet les concernant, et pas l'intention de s'installer à Brive, comme Cécile l'avait escompté. À ce propos, j'ignore si la cohabitation qu'ils étaient convenus de reconduire avait abouti à des relations plus intimes. Je n'étais pas assez naïve pour accorder le moindre crédit aux bruits qu'à leur propos faisaient courir les menettes.

Cécile me raconta qu'elle s'était trouvée, un jeudi matin, au lavoir, pour sa lessive de printemps, à côté de Sylvaine, chacune avec sa *banche*, ce petit meuble à surface dentelée servant à essorer le linge par frottement.

— Comment, me dit-elle, nous y sommes-nous prises ? Je n'en sais rien. Dans un même mouvement et en même temps, nous avons saisi une chemise appartenant à Robert. Sylvaine a tiré de son côté, moi du mien, en riant comme des folles, et avec une telle énergie qu'il nous est resté à chacune une manche entre les mains.

Cette anecdote me rappela le jugement de Salomon, sauf qu'il s'agissait d'un morceau d'étoffe, non d'un nourrisson, et qu'elles n'en firent pas un drame.

En ces premiers jours du printemps, notre village semblait ruisseler d'amour.

Entre la Jacotte et son esclave, le brave Séraphin Ledru, la lune de miel était troublée de fréquentes querelles qu'elle suscitait comme à loisir. Bonne pâte, il les supportait avec une placidité congénitale. Il lui avait confié qu'il ne pourrait l'engrosser : une anomalie qui l'avait conduit au divorce d'avec sa première femme, dont il parlait peu. Loin de s'en plaindre, la Jacotte s'en était réjouie : ses cinq enfants lui suffisaient amplement ; un sixième eût été de trop. Elle n'avait jamais eu l'intention de se transformer en *parturiente de choc*, comme disait le docteur Amiot. De plus, comme elle abordait la quarantaine, elle se disait qu'ils pouvaient faire l'amour en toute sécurité.

Ils ne s'en privaient pas.

Clément Vizerie revenait à Saint-Roch chaque semaine, après son travail à la forge du père Coste, à Brive, rejoindre Flavie. Comme sa pension de mutilé de guerre, en plus de son salaire, lui permettait de vivre à l'aise, il s'était acheté d'occasion une Peugeot à deux places. Le dimanche, après la messe, ils allaient déjeuner à Copeyre, dans une guinguette de plage, au bord de la Dordogne, pêchaient l'ablette et la libournaise et se promenaient en barque sur le fleuve, sous les falaises du cirque de Montvalent.

Le jour où elle lui demanda d'enlever son masque de cuir, ce fut, pour tous les deux, un moment de grande émotion. Il n'y avait consenti qu'avec réticence. Elle l'avait pris dans ses bras et embrassé la plaie qui le défigurait.

— Je t'avoue, me dit-elle, que j'ai cru tourner de l'œil. Il lui manque une oreille et une partie de la joue. Au niveau de la mâchoire, quand il rit, on voit ses molaires, comme s'il grimaçait. Eh bien, loin d'être écœurée, je l'en aime que davantage. Nous avons d'ailleurs décidé de nous marier et d'avoir des enfants.

Entre Thérèse Delpeyroux et son menuisier, Armand Guinot, c'était, comme on dit, plan-plan. Ils ne faisaient guère parler d'eux. Le fils de Thérèse avait interrompu ses études au collège industriel de Tulle, pour s'installer à demeure à Saint-Roch et travailler avec son beau-père. Ils recevaient tant de commandes qu'on ne les voyait que le dimanche. Ils attendaient la sortie de la messe en buvant une suze-cassis chez la Jeanne.

Les autres ménages à l'essai, dont certains devaient se conclure par un mariage en bonne et due forme, ne suscitaient guère d'intérêt et ne donnaient pas prise aux commérages.

Le seul qui s'y prêta fut à l'origine d'un scandale. Il concernait le couple insolite que formaient la petite postière, Alice Bernède, et André Delord, dit Dédé.

La suite de leur première rencontre n'avait pas connu de temps mort. Un coup de foudre les avait réunis ; un attrait sexuel partagé avait fait le reste. Sans se poser de questions ni en informer leur famille, ils s'étaient mis en ménage. Personne n'y trouvait à redire, sauf le père d'Alice, le vieux Bernède, qui n'avait guère de sympathie pour ce chômeur professionnel qui avait mauvais genre et vivait aux crochets de sa fille.

Bernède avait raison de se méfier du *marlou*. L'affaire qui mûrissait allait lui donner raison.

Avant de s'installer à Saint-Roch, Dédé fréquentait, à Brive, l'opérateur du cinéma Les Nouveautés, Lucien Lafargue, dit Lulu. Artiste dans son genre, il collectionnait les films érotiques et pornographiques, offrait des séances à ses intimes et, discrètement, en faisait commerce. Il rêvait de devenir lui-même producteur, mais, dans une ville de modeste importance comme Brive, cela supposait des difficultés, notamment pour louer des modèles.

Dédé invita Lulu à Saint-Roch. Ils passèrent une journée à festoyer et à se promener dans les environs en camionnette. Lulu prit quelques photos d'Alice dans des cadres agrestes et complimenta Dédé pour son bon goût. Il est vrai qu'en dépit de quelques tournures rustiques Alice était assez jolie.

Sur la fin de la journée, en remontant dans sa voiture, Lulu dit à Dédé :

— Ta gonzesse me plaît. Beau physique, plastique superbe... Elle ferait un bon modèle pour un de mes films.

Dédé prit cette proposition pour une boutade, mais elle fit son chemin dans sa tête. Il convint que sa compagne était digne d'impressionner non seulement la pellicule, mais certains amateurs, amis ou clients de Lulu. Cette affaire, si elle était sérieuse, se dit-il, pourrait lui rapporter quelques picaillons.

Elle l'était. Lulu revint à la charge et trouva en Dédé une oreille complaisante. Il débarqua un jour devant la poste avec, dans sa camionnette, une caméra dernier cri et quelques accessoires.

Dédé avait pris soin de prévenir sa compagne.

— Tu sais, lui dit-il, que Lulu passe pour un artiste. Il a un talent fou pour le ciné et rêve de tourner un film qu'il intitulerait *La Rose des bois,* et qu'il destine à Hollywood. Un joli titre, non ? L'ennui, c'est qu'il lui manque la vedette féminine qui doit tenir le rôle principal. Alors, voilà, il pense que tu pourrais convenir.

— Moi, actrice ! s'était esclaffée Alice. Qu'est-ce qu'on dirait de moi dans la commune ? Tu rêves, mon Dédé. De plus, tu me vois à Hollywood, avec mon accent de la Corrèze...

— Tu n'aurais pas un mot à dire. Lulu souhaite faire quelques bouts d'essai dans la nature. Ça pourra nous rapporter gros si tu fais l'affaire.

C'était non ! Il lui sortit le grand jeu. Si elle persistait dans son refus, il se mettrait, avec son ami, en quête d'une autre actrice qu'ils finiraient par trouver à Limoges ou à Paris. Ça pourrait prendre du temps. Il reviendrait peut-être à Saint-Roch, et peut-être pas, ça dépendait d'elle.

Elle s'était accrochée à lui avec des larmes pathétiques. S'il l'abandonnait, elle en mourrait. Elle avait gambergé durant quelques jours, pesé le pour et le contre, puis fini par donner son accord, à condition que son nom ne figure pas dans le générique. Lulu avait tout prévu : on lui trouverait un pseudonyme américain et, avec le maquillage, personne ne la reconnaîtrait.

C'est ainsi qu'un jour de printemps le réalisateur Lulu Lafargue débarqua avec armes et bagages pour les premiers essais de *La Rose des bois.* Il alluma un cigare et dit à sa future vedette :

— Avant de signer le contrat, que tout soit bien clair. Nous allons procéder à quelques prises de vues champêtres. Je les enverrai à un producteur d'Hollywood qui jugera sur pièces de ton talent. J'entrevois pour toi une belle carrière. Si ça marche, ta fortune est faite. Il faudra, évidemment, que tu renonces à ce travail de postière qui est indigne de ton talent.

Alice apprit, stupéfaite, qu'elle avait du talent. Mais en quoi ?

— Il suffit de te regarder pour en être convaincu. Ce visage qui rappelle celui de Gloria Swanson, l'actrice fétiche de Cecil B. De Mille, dans un film qui vient de sortir : *L'Admirable Crichton*... Quant à tes autres avantages physiques, ils n'ont rien à envier à ceux de Mae West.

Éblouie devant cet étalage de célébrités auxquelles on la mêlait, Alice crut perdre la tête. Son premier réflexe fut de refuser une nouvelle fois, mais, lorsque Lulu eut converti en francs les dollars du contrat envisagé, elle en fut éblouie.

— Bien, dit-elle. Alors, va falloir que je prévienne l'administration pour qu'on me trouve une remplaçante.

— Rien ne presse. Nous en reparlerons. Fais-toi belle, et en route pour la gloire !

Comme il n'était pas question de tourner les bouts d'essai dans le bourg, Dédé avait découvert, dans les parages de Sennac, près de Queyssac-les-Vignes, un château en ruine éloigné de toute habitation, puis avait téléphoné à son complice pour lui dire que le studio champêtre était prêt pour le tournage.

Arrivé à pied d'œuvre, Lulu, avec Dédé comme assistant, parcourut le monument pour découvrir le lieu propice : ce fut l'ancienne salle des gardes envahie par les orties et les ronces, avec une vaste cheminée et un restant de voûtes aux arêtes reposant sur des modillons à personnages.

Tandis que Lulu, après qu'on eut fait un peu de débroussaillage, plantait sa caméra dans la lumière la plus favorable, Dédé s'occupait du maquillage de la star : un emplâtre de céruse, du noir pour les yeux, du rouge pour les lèvres, une chevelure soigneusement ébouriffée... Comme elle protestait qu'elle allait ressembler à une *baraquaine*, Lulu lui fit observer que la sauvageonne de *La Rose des bois* ne s'habillait pas chez Flavie Delpeuch.

Quand il lui demanda d'ôter sa robe, elle regimba.

— Indispensable ! dit Lulu. Ces messieurs d'Hollywood veulent juger sur pièces, sinon c'est foutu. À toi de choisir.

Elle ôta sa robe et son corset. Vêtue simplement de sa chemise et de ses bas, elle s'assit sur la murette qu'on lui indiquait pour la première pose, une jambe relevée, le genou entre ses mains, comme Marlene Dietrich dans *L'Ange bleu.*

— Bouge un peu, bordel ! lui lança Lulu. Imagine que Rose attend son fiancé. Elle s'impatiente et se prépare à le recevoir, parce qu'elle sait qu'ils vont faire l'amour. Alors, peu à peu, pour lui faire la surprise, elle se met toute nue, se caresse la poitrine...

— Toute nue ! s'écria Alice, et en plus faire l'amour devant toi et ton bidule. Non mais, tu plaisantes, Lulu ! C'est pas possible.

— Tu me déçois, ma chérie, soupira Dédé. Si tu refuses, c'est que tu m'aimes pas. Allons, un bon mouvement. C'est notre avenir qui est en jeu.

— Non, non et non !

Furieux, Lulu lui lança, de derrière sa caméra :

— Fais pas ta pimbêche et ferme ta gueule ! Imagine que tu es chez le docteur et que tu lui montres ce joli petit cul qui vaut de l'or.

Alors que Dédé la malmenait pour lui ôter ce qui lui restait sur le corps, une voix retentit au-dessus d'eux, comme celle d'un guetteur au sommet d'un donjon :

— Tiens bon, Alice ! Quant à vous, les cinéastes à la gomme, vous aurez des comptes à rendre. Tentative de viol, ça peut vous coûter cher ! Alice, rhabille-toi et suis-moi. Je te ramène sur le vélo que j'ai emprunté à ton frère. Pauvre innocente, tu l'as échappé belle.

En cours de route, Alice lui demanda comment elle l'avait retrouvée.

— Petite sotte, lui répondit Sylvaine ! En partant, tu as laissé la clé de ton bureau à ta voisine en lui disant que tu allais te promener avec tes copains au château de Sennac. Comme ça t'arrive rarement de quitter ton guichet, ton père s'est inquiété. Il m'en a parlé, et me voilà. Tu as compris au moins ce que ton *marlou* et son complice voulaient faire avec toi ?

— Oui, des bouts d'essai qu'ils ont dit. Pour Hollywood.

— Idiote ! C'est un film cochon qu'ils voulaient te faire tourner et peut-être, par la suite, faire de toi une pute. Ma pauvre fille, tu ignores où tu as mis les pieds...

Quelques jours plus tard, Sylvaine, en me racontant cette histoire, avec tous les détails que lui avait confiés la victime, me dit qu'Emma, rendant visite à Bernède, l'avait trouvé assis dans le *cantou*, les mains entre les genoux, abattu. Elle s'était assise sur l'autre banc, en face de lui.

— Je viens d'apprendre, dit-elle.

— D'apprendre quoi ? riposta-t-il d'un ton rogue.

— Eh bien, le piège qu'on a tendu à votre fille.

— Ma fille... Ma fille... J'ignore de quoi vous parlez.

— Allons, Jules, vous le savez très bien ! Vous ne voulez pas que nous en parlions, vous et moi, là, tout de suite ? Alice a été très choquée. Vous devriez accepter de la rencontrer, lui parler, lui faire comprendre qu'elle a été la proie innocente de deux escrocs. Au moins, allez-vous lui pardonner ? Elle est plus victime que coupable, vous le savez bien.

— Je le sais, mais la honte demeure. Ah, Emma... Si c'était moi qui l'avais surprise à la place de Sylvaine, et si j'avais eu mon fusil, j'aurais pas hésité à tirer. Ces deux salauds...

Il lui demanda de lui passer sa pipe et son tabac. Il la bourra, l'alluma à un tison et demanda à Emma si elle voulait qu'il lui roule une cigarette. Elle ne dit pas non. Il la lui roula, l'alluma et la lui tendit. Ils se regardèrent en silence à travers la fumée, puis il lui dit :

— Demain, *à bonne heure*, je pars pour Brive retrouver mes camarades de la CGT et du Parti communiste pour fêter le 1er Mai. J'aimerais, puisque vous n'aurez pas école et que le bureau de poste sera fermé, que vous restiez un peu avec Alice. Je crains qu'elle fasse une bêtise. Je demanderai de même à Sylvaine. Vous serez pas trop de deux pour la distraire. Moi, je serai de retour avant la nuit.

Il lui expliqua comment allait se dérouler cette journée : le défilé à travers la ville avec des banderoles, en chantant *L'Internationale* et *Le Temps des cerises*, la vente du muguet, la dégustation des oignons nouveaux et du vin blanc au syndicat, les discours, la bonne et franche amitié des travailleurs...

— C'est la seule fête que je m'accorde, Emma. Mon âge, l'usure, vous comprenez ? Ça me rajeunit. J'y rencontre des amis de toujours, des *rouges*, bien sûr, comme moi. Alors, je vais pas m'en priver.

— Prenez garde, Jules. Je sais que vous êtes prudent, mais il arrive que ces manifestations tournent très mal. On a vite fait d'y attraper un mauvais coup...

Au soir de ce 1er Mai, Emma, Alice et Sylvaine, bras dessus, bras dessous, se portèrent au-devant de la carriole de Bernède, sur la route de Brive. Il en descendit, et, un peu ivre qu'il était, esquissa une révérence en ôtant son chapeau, avant de leur lancer d'une voix pâteuse :

— Vous attendiez un rescapé, mesdames ? Eh bien le voici, et de plus indemne ! Pas une bosse, pas une égratignure, frais comme un gardon...

— ... et avec une bonne biture, comme d'habitude, murmura Alice.

Il les embrassa et leur distribua les brins de muguet qu'il avait ramenés dans une corbeille d'osier. Avant de monter dans la carriole, pour ramener Emma à Sainte-Thérèse, elles l'accrochèrent à leur corsage. Lorsqu'elles débouchèrent sur la place, à la sortie des vêpres, leur arrivée souleva des murmures.

— Eh bien, dit Sylvaine, nous faisons, à ce qu'il semble, une entrée remarquée. Ma bonne Emma, vous allez devoir rendre des comptes à l'évêché.

La carriole fit le tour du château avant de reprendre la route du moulin. Comme Emma protestait, disant qu'elle devait regagner ses pénates, Bernède, très en verve, s'écria :

— Mesdames, si vous en êtes d'accord, je propose que la fête continue au moulin. Je vous garde à souper ! On va déboucher quelques bouteilles de blanquette de Limoux et attaquer mon dernier jambon pour une omelette géante. Pour le dessert, nous aurons la tarte aux pommes que je ramène de la pâtisserie Compagnon. Alice, je crois que tu es assise dessus. Ça la tient au chaud.

Il leur raconta le repas qu'il avait partagé avec un groupe de vieux copains, au bar de Verdun, un bistrot un peu crasse proche du célèbre hôtel Cotton.

Jeantounet, qui avait trouvé un emploi de mécanicien dans un garage, leur avait joué à l'accordéon la *Valse des célibataires,* qu'il venait de composer, et *L'Internationale.* Ils avaient mangé gras et bu sec.

Il était près de minuit quand Sylvaine, après avoir vidé à elle seule le contenu d'une bouteille de blanquette, annonça qu'elle montait se coucher et qu'elle n'aurait besoin de personne pour venir la bercer. Alice ne tarda pas à la suivre. Seul avec Emma qui commençait à s'assoupir, Bernède alla chercher la bouteille de vieille prune qu'il ne sortait que dans les grandes occasions, la renifla au goulot et dit à sa compagne.

— Emma, c'est l'heure de la goutte. Ça vous fera dormir.

— Pardonnez-moi, dit-elle. Je dormais déjà à moitié. Pour la goutte, je m'abstiendrai, et vous devriez faire de même. Mon pauvre ami, vous avez déjà trop bu et, au cours du repas, vous avez raconté tant de bêtises que j'en rougissais.

— Vous avez raison. Je vais vous raccompagner, mais, avant, faut que je vous dise...

Lorsqu'il posa sa main sur la sienne, elle comprit qu'il avait des révélations importantes à lui faire et qu'elle aurait besoin de tous ses esprits pour y répondre.

Il commença à lui parler de ce qui les différenciait : leurs opinions politiques et religieuses, et de ce qui les rapprochait sans les unir vraiment : leur solitude, lui veuf, elle célibataire. C'est ce qui le tracassait. Depuis qu'ils se connaissaient, tous deux natifs de Saint-Roch, elle dans la paroisse et lui dans la commune, ils n'avaient jamais quitté cet endroit et y resteraient jusqu'à l'heure du cimetière.

Il lui dit soudain :

— Emma, je n'irai pas par quatre chemins.

Elle coupa son élan d'une pointe ironique :

— C'est ce que vous venez de faire, Jules, mais vous êtes trop ivre pour vous en être rendu compte. Alors dites-moi sans tergiverser ce qui vous tracasse à ce point.

Il se servit un petit verre de gnôle, l'avala d'un trait, et, après s'être essuyé les moustaches, commença laborieusement, d'un air détaché, à rouler une cigarette.

— Puisque vous le prenez en plaisantant, Emma, je vous dirai rien.

— Pardonnez-moi, Jules, je crois que je suis moi aussi un peu pompette. Alors, parlez tant que je suis encore éveillée.

— Nous n'avons jamais parlé sérieusement, Emma. Je veux dire de vous et de moi. Je sais que je suis plus âgé que vous, de dix ans, je crois, mais l'âge n'empêche pas le sentiment. Alors, voilà : puisque ce sera bientôt pour vous le temps de la retraite et qu'il vous faudra quitter Sainte-Thérèse, pourquoi... pourquoi ne pas venir habiter avec moi ? Mon moulin est assez grand et, question santé, je vous causerai guère de souci : le cœur est solide et le reste de même. Et puis, autant vous le dire tout net : je vous ai toujours aimée, et aujourd'hui plus que jamais. Peut-être même qu'on pourrait se marier. S'il faut à tout prix passer devant le curé, eh bien, je le ferai. C'est vous dire à quel point je tiens à vous...

Il alluma sa cigarette d'une main tremblante.

— Eh bien, ma petite Emma, vous n'avez rien à me répondre ?

— Si, Jules : que tout ça n'est pas sérieux. Nous sommes amis, restons-le. Nous nous verrons autant qu'il vous plaira quand je serai libre, mais nous marier, vous n'y pensez pas vraiment ? Allons, oubliez cette idée et raccompagnez-moi en voiture. Monter à Sainte-Thérèse à minuit passé me fatiguerait trop.

Elle se leva en s'appuyant des deux mains à la table. Sur le chemin du village, ils ne se dirent pas un mot. Lorsqu'il arrêta son cheval pour la faire descendre, elle l'embrassa sur les lèvres, à travers ses épaisses moustaches qui sentaient le tabac et l'eau-de-vie.

9

Petits actes d'amour romantiques

Tout allait pour le mieux, je l'ai dit, dans le couple harmonieux que formaient Thérèse Delpeyroux et Armand Guinot. Ils avaient même prévu de se marier, elle veuve et lui célibataire, au début de l'automne. Du matin au soir, parfois même le dimanche, l'atelier résonnait du bruit de la varlope, de la scie et du maillet, qui accompagnait les chansons de Thérèse. On disait d'eux dans la commune : « Ces deux-là, ils ont gagné le gros lot. Manque plus qu'ils se marient et qu'elle lui donne des enfants, jeune comme elle l'est. »

Une illustration du bonheur à l'état brut.

Un soir de mai, alors que la famille mettait les jambes sous la table, on cogna à la porte. Thérèse alla ouvrir et se trouva en présence d'une sorte de vagabond à la barbe hirsute, vêtu encore d'un reliquat de tenue militaire, chaussé de bottes allemandes, et portant deux besaces aux courroies croisées sur la poitrine. Il resta quelques instants silencieux, et elle de même. Il avait l'air égaré de celui qui se hasarde à contrecœur à demander l'hospitalité.

— C'est qui ? lança Armand.

— Un homme, a répondu Thérèse. Un soldat, je crois...

— Fais-le entrer. Il mangera la soupe avec nous.

— Venez, dit Thérèse. Je vais ajouter une assiette.

L'homme parut hésiter. Il posa un pied sur la pierre du seuil, puis l'autre, ôta son calot, il dit poliment :

— C'est gentil à vous. Bonsoir et merci à tous.

Soudain, Thérèse poussa un gémissement et porta les mains sur son visage.

— François, dit-elle. C'est toi ?

Il opina de la tête et fit un pas de plus. Thérèse eut l'impression, en refermant la porte, qu'elle venait de dire adieu à son présent, que le passé venait de resurgir avec cet homme et que l'avenir s'annonçait difficile et douloureux. Débarrassé de ses besaces, l'homme resta quelques instants debout. Son regard, après avoir balayé la grande salle, s'arrêta sur les deux hommes restés assis, leur cuillère à la main.

— Lui, dit-il en désignant le garçon, je le reconnais. C'est Étienne.

Il ajouta, en montrant Armand :

— Toi, je te connais pas. Tu es qui ?

— Le commis : Armand Guinot.

Thérèse l'aida à retirer sa veste et lui dit :

— Je t'aurais pas reconnu, François. Tu as bien changé. Cette barbe...

Tournée vers Armand, elle ajouta d'une voix cassée par l'émotion :

— Cet homme, François, est mon mari. Tu sais que j'avais pas de nouvelles depuis des années et que je le croyais mort.

Elle dit à François :

— Je mets ton couvert. Tu te sers de soupe et tu as la bouteille pour le *chabrol.* Après, j'irai préparer ton lit. Tu nous raconteras comment tu as fait pour survivre, et pourquoi tu n'as pas donné de tes nouvelles.

— Tu vas d'abord me servir un verre. Ça fait une trotte, depuis la gare.

— Assieds-toi et goûte ce vin, dit-elle. C'est le nôtre. Armand et Étienne ont pris soin de la vigne. Elle donne bien. Cette année, on aura une bonne récolte, s'il grêle pas.

— Et l'atelier ?

— Ils l'ont remis en train, et ça marche. On a des clients jusqu'à Brive. On manque de rien, tu vois.

— C'est bien, femme, dit-il en s'asseyant. C'est très bien...

Il leur a raconté son histoire. Elle est navrante.

Durant l'offensive française en Champagne, en février seize, les Allemands l'ont découvert à moitié enseveli dans la boue avec une plaie à la tête, le corps meurtri mais, en apparence, vivant. Prisonnier, il a été embarqué dans un camion sanitaire vers l'arrière, puis dans un lazaret, en Poméranie. Il y est resté jusqu'à l'armistice et même quelques mois plus tard.

Il dit, entre deux cuillerées de soupe :

— Enterré vivant, oui, Thérèse, avec juste la tête qui dépassait de la caillasse et de la boue. C'est ce qu'ils m'ont raconté, les Boches, parce que, moi, je me souviens de rien. Une *commotion avec perte de mémoire,* qu'ils ont dit. J'avais comme des trous dans la tête. Je me souvenais de choses et pour d'autres, rien. On me faisait passer pour fou au début, mais j'ai été reconnu comme amné... amné...

— Amnésique, dit Étienne.

— C'est ça, fiston. Amnésique. Je savais plus qui j'étais, d'où je venais, et ce qui m'était arrivé. Un moment j'ai cru à un accident de chasse. C'est dire. Alors, faut pas m'en vouloir si j'ai pas donné de nouvelles.

On l'avait soigné à Paris avant de le rapatrier. Guéri ? enfin, presque. Il y avait encore dans sa tête ces fameux *trous.*

Il avala sa soupe, but son *chabrol,* s'essuya les moustaches avec le fond d'une manche et rota avant d'ajouter :

— Femme, je suis content de savoir que tu t'en es bien tirée, que toi et le garçon vous manquez de rien. Moi, avec ce que j'ai dans la poche, j'aurais pas pu aller bien loin. Je sais pas si je saurai reprendre le collier, mais je crois que mes mains, elles ont pas oublié.

Le lendemain matin, alors que François dormait encore, Armand s'entretint avec Thérèse de ce coup de théâtre.

— Va falloir, dit-il d'un air accablé, que je me fasse oublier, que je foute le camp dès aujourd'hui, comme un voleur que je suis.

— T'es pas obligé, dit Thérèse. Pourquoi tu resterais pas ? Il y a du travail pour trois. Ça pourrait continuer comme avant.

Il gémit :

— Sauf que tu m'auras remplacé dans ton lit ! Et ça, vois-tu, j'aurai du mal à m'y faire. Savoir que toi et lui, de l'autre côté de la cloison... Non ! c'est pas possible. Prépare-moi un casse-croûte. Faut que je sois parti quand il descendra.

— Raisonne un peu, Armand. Si tu pars, c'est là qu'il aura des doutes et me posera des questions. Telle que je me connais, je lui dirai tout. Alors reste encore quelques jours, je t'en prie. Tu lui raconteras que tu dois retourner à Brive pour te rapprocher de ta famille, que tu n'étais là que pour nous dépanner. Il fera pas d'histoires, et moi ça me laissera le temps de m'habituer. Ça me sera dur de me séparer de toi, mon Armand. J'en suis même venue à penser...

— À penser à quoi ?

— À rien. Des bêtises...

Ce qui était venu à l'idée de Thérèse et qu'elle n'avait pas osé confier à Armand, c'est à moi qu'elle le dit. Cette amie d'enfance, depuis le temps du certificat, ne me cache rien.

Elle faillit lui proposer une alternative. Primo : ils ne changeaient rien à leurs habitudes ; en prenant des précautions, elle se partagerait entre lui et François. Secundo : elle quittait sa maison, son mari, son fils et s'installait à Brive avec lui ; ça lui ferait peine à cause d'Étienne, alors qu'elle n'avait qu'une vague affection pour François.

Elle me demanda mon avis. Je lui avouai mon embarras. Réflexion faite, je me disais que mieux valait renoncer à Armand, quitte à le retrouver pour des rendez-vous épisodiques, à Brive ou ailleurs, avec les risques de lassitude que comporteraient ces complications. Si Armand restait, on risquait d'assister à un chassé-croisé dangereux. François n'était pas des plus futés, mais il aurait vite compris le rôle de dupe qu'on lui faisait jouer.

Elle me dit d'une voix pitoyable :

— Tu as raison, Malvina. Le mieux est de rompre sans ces rendez-vous qui me compliqueraient l'existence. J'ai eu ma part de bonheur. Quand je penserai à Armand, ça me fera chaud au cœur et ça me donnera le courage et la patience de supporter l'*autre*. J'ai gardé une photo d'Armand, du temps où il était soldat à Brive. Je la regarderai de temps en temps et...

Elle se jeta en larmes dans mes bras. Je lui conseillai de ne rien confier de sa situation à l'abbé Calmel : il risquerait de la tourmenter et de l'enfoncer davantage dans son malheur.

Le jour où Armand partit pour Brive à bicyclette, elle courut vers l'église désaffectée de Saint-Géniès et, du haut du pré descendant vers la Gane, elle le suivit du regard en faisant, avec son bonnet à bout de bras, des signes qu'il ne vit pas.

François Delpeyroux est un bon menuisier mais un rustre. Trois éléments de son existence sont pour lui essentiels : son atelier, sa soupe et son lit, par ordre de préférence. Le reste, il s'en fout. On ne le voit jamais au bistrot ni à la messe. En parlant à son épouse, il lui dit « femme ». « Femme, sers-moi la soupe... Femme, va chercher la gnôle... » C'est sans doute la même chanson quand ils se couchent. La galère.

Après un mois de ce régime, elle m'a dit :

— Malvina, j'en peux plus ! François n'était pas tendre quand nous nous sommes mariés. La guerre a fait de lui une brute. Hier, il m'a frappée en me disant que ma soupe sentait l'aigre. Étienne nous a quittés. Il ne s'entendait plus avec son père. Un de ces jours, je crois que je ferai de même.

De la part de Thérèse, cette femme passée à l'école des menettes, une telle réaction m'a éberluée. Divorcer ? cela ne se faisait pas. Qu'en dirait-on dans la paroisse ? On jugerait François irréprochable et elle légère : elle avait été bien prompte à enterrer son mari avant d'avoir reçu l'annonce officielle de sa mort.

J'ai reçu une lettre sous double enveloppe, avec un billet à mon intention : *Mademoiselle Malvina, cette lettre est pour Thérèse. Puisque vous êtes amies, je vous prie de la lui remettre en main propre et en cachette de son mari. Je vous en remercie par avance. Meilleurs sentiments. Armand Guinot.*

J'ai rendu le service qui m'était demandé. Thérèse a lu la lettre devant moi. Elle a rougi, blêmi, s'est accrochée à mon bras en me la tendant. Je l'ai lue en me demandant si je n'étais pas le jouet d'une illusion. Armand avait trouvé du travail comme charpentier dans une entreprise de Malemort, un village proche de Brive. Il gagnait bien sa vie et avait loué une modeste baraque au milieu des pins, sur la colline de Migoule, d'où l'on domine la vallée de la Corrèze. Il avait entrepris de la restaurer, dans l'intention de l'acheter. Il ne parvenait pas à oublier sa maîtresse. Il l'attendait.

— Alors, lui dis-je, te voilà de nouveau au pied du mur. Que vas-tu décider ?

— Et toi, que me conseilles-tu ?

— Difficile à dire, mais, si j'étais à ta place, je partirais pour aller le retrouver. Jeune et jolie comme tu l'es, tu ne peux sacrifier ton existence à cette brute qu'est ton mari. Il trouvera bien quelqu'un pour lui préparer sa soupe et lui tenir chaud dans son lit. Les veuves ne manquent pas, à Saint-Roch et ailleurs... Surtout, ne tiens aucun compte des conseils qu'on pourra te prodiguer ici et là, et fais du mien ce que tu voudras.

Des mois ont passé depuis le début de ce vaudeville qui aurait pu se terminer en drame.

Thérèse a choisi de rejoindre Armand. Elle m'écrit de temps à autre ou me rend visite à l'école du Pont-Cardinal, à l'heure de la récréation. Radieuse, souriante, vêtue comme une petite-bourgeoise, avec une coquetterie de violettes sur son corsage et, dans l'échancrure, la petite montre d'argent qu'Armand lui a offerte pour son anniversaire.

Elle me fit un jour, en riant, une confidence que je serais, dit-elle, la première à entendre : elle était enceinte.

— Je l'ai pas encore dit à Armand. Il sera fou de joie, comme je le suis, moi, tu imagines !

Ils m'ont invitée, à la fin des grandes vacances, dans leur maisonnette. Nous avons soupé dans l'odeur des pins sur la terrasse dominant le village et, plus loin, la ville. J'ai ramené de cette soirée le souvenir d'un bonheur que j'aurais bien aimé faire mien. Le destin n'a pas encore frappé à ma porte et, exigeante que je suis, je crains de ne pas voir de longtemps la fin de ma solitude.

François Delpeyroux a trouvé chaussure à son pied pour remplacer l'épouse volage.

J'ai bien connu Estelle Vige, une fille du gros

hameau des Ardaillasses, une laissée-pour-compte laide et de caractère abrupt, mais solide comme un baliveau de bonne souche. Elle ne se laissera pas traiter en esclave. C'est du moins ce qu'elle a proclamé à tout vent le jour de ses noces. Il voulait des enfants ? Elle allait lui en faire trois. C'est par cette fécondité et par ce qui la génère qu'elle le tient. Si ce ménage n'a guère fait parler de lui par la suite, c'est qu'il n'y a rien à en dire.

Lorsqu'elle a constaté qu'en dépit de son âge avancé elle était de nouveau enceinte, la première réaction de la Jacotte a été fulgurante. Elle a saisi son balai de genêt et a infligé au pauvre Séraphin une vigoureuse tannée qu'il a prise pour un jeu. Elle s'est écriée, alors qu'il rigolait :

— Salaud ! tu m'as menti. Me voilà dans de beaux draps ! Un sixième gosse ! Et ça te fait rire, grand *banlève* ! Tiens, prends ça !

— Si je m'attendais, ma Jacotte... C'est... c'est un miracle !

— Je t'en foutrais ! Tiens, attrape ça, miraculé !

Elle leva les yeux au ciel, comme pour le prendre à témoin de la stupidité et de la maladresse de son homme.

— Tu veux que je te rappelle comment ça s'est passé pour mon dernier ? Tu veux des détails ? La mère Vedrenne et le docteur Amiot pourraient t'en parler. J'ai failli en crever, tu entends ! Et va falloir que je recommence : le gros ventre, les crampes, les nausées... J'ai bien envie de m'en débarrasser.

Il reprit son sérieux pour pointer son doigt sur elle et lui dire en lui arrachant son balai :

— Prends garde, ma Jacotte, si tu fais ça, je te quitte !

Jeanne, qui avait été témoin du dernier accouchement de sa mère et du drame qui l'avait précédé, protesta :

— Je veux pas que ça recommence ! Je veux pas que tu meures !

La Jacotte haussa les épaules.

— Qui te dit que je vais mourir, *bestiasse* ? Tu arrêtes de bramer ou je t'en vire cinq !

Elle était ainsi, la Jacotte : une brave femme, mais toujours entre deux humeurs souvent fracassantes, prête à dégainer au moindre propos biseauté, en tous lieux et en toutes circonstances, avec, parfois, des repentirs plus ou moins sincères.

Moins d'une heure après cette scène, elle avait pris son mari dans ses bras avec des larmes, en lui demandant ce qu'ils allaient devenir. Malgré de fréquentes foucades qui ne faisaient qu'arracher des feuilles mortes, ils formaient un couple uni, sinon harmonieux. Ils se réconciliaient facilement sous l'édredon, car la Jacotte, comme on dit vulgairement, *il ne fallait pas lui en promettre.*

Il pleuvait du bonheur sur Saint-Roch, comme ces neiges d'acacias, au début de l'été, sur les bords de la Gane.

Vigile attentive et passionnée de la vie de ce village, je suis aimée de tous ou presque, du moins je me plais à le croire. Je connais tout de cette petite communauté rurale, grâce à un jeu de témoignages recueillis au seuil des portes, dans les jardins, sur le parvis de l'église ou chez la Jeanne. Jouer les Asmodée convient à ma nature, caractérisée par une curiosité inlassable. Des confidences que je reçois, des informations que je glane, même de ragots à vérifier, je fais, la tolérance étant ma qualité seconde, non du venin mais du miel.

Les rapports timides et complexes entre Angélique Duroux et Gérard de Saint-Andiol ont, dès leur origine, retenu mon attention, du fait qu'ils constituent un défi à la logique et aux conventions. Par leur condition d'abord : elle pupille de la Nation et fille d'une veuve qui avait connu l'aisance avant la guerre ; lui, dandy de la meilleure société, noble et fortuné. Ensuite par la promesse qu'elle avait faite, à l'initiative de sa mère, d'un mariage symbolique avec le Christ, ce qui dressait entre eux une barrière en apparence inviolable.

Croire que Gérard renoncerait était absurde. En matière d'amour et de patience, il avait fait ses preuves. Supposer qu'il réussisse à affranchir Angélique de ses tabous était illusoire. J'imagine qu'il se sentait, comme un chevalier de la Table ronde, armé pour conquérir son Graal.

Le Graal de Saint-Roch devait se dire que son vœu de mariage mystique allait changer de nature. Cela avec d'autant plus de facilité que son prétendant terrestre prenait de plus en plus à ses yeux, de par une ressemblance singulière, l'apparence du fiancé céleste.

Un soir, à l'heure du coucher, Marie Duroux pénétra dans la chambre de sa fille pour lui souhaiter une bonne nuit. Elle l'embrassa et lui dit :

— Dors bien, ma fille. Dans quelques jours tu seras présentée à ton fiancé, et nous devrons nous séparer. J'en ai de la peine, mais c'est pour ton salut.

Si la mère avait procédé à une investigation dans la chambre d'Angélique, elle aurait constaté que la fenêtre était entrebâillée. Si elle l'avait ouverte et s'était penchée au-dehors, elle aurait pu observer un détail insolite : la silhouette d'une voiture en partie cachée par les noisetiers, et peut-être la fumée légère d'un cigare.

La porte refermée, le grincement d'un sommier dans la chambre voisine ayant indiqué que le danger était passé, Angélique se leva, jeta sa cape sur ses épaules et, par la porte du jardin, rejoignit celui qui l'attendait. Ce n'était pas le Fils de Dieu, s'il en avait l'apparence.

Il l'accueillit en lui tendant les bras. Elle le tint à distance et lui dit d'un ton sévère :

— Mais enfin, monsieur Gérard, qu'attendez-vous de moi ?

— Vous le savez bien : que vous acceptiez d'être ma femme.

— Mon cœur est promis à un autre que vous. Alors, renoncez à m'importuner, je vous en conjure.

— Votre cœur ou votre âme ? S'il s'agit de votre cœur, je renoncerai. Si c'est de l'âme dont vous parlez, alors vous êtes libre de m'aimer, sans trahir le Christ, pour lequel j'ai le plus profond respect. Ce n'est pas à lui que votre vie doit être consacrée, mais à moi. Il n'y aura pas d'anges à notre mariage, sinon en peinture.

Ébranlée, elle ne marqua aucune réticence lorsque les mains crispées de Gérard s'accrochèrent à ses épaules, comme pour lui éviter toute velléité de recul et prendre, symboliquement, possession d'elle. Moite d'émotion, elle balbutia :

— Excusez mon trouble, Gérard. Je vais vous faire une confidence qui me coûte, car elle concerne une trahison. Lorsque je suis en prière à l'église ou dans mon petit oratoire, et que je regarde la petite statue du Christ, c'est vous que je vois. J'essaie d'effacer cette idée, mais elle persiste. Ça veut dire quoi ?

Il lui répondit en riant :

— Mais, innocente, ça veut dire que vous m'aimez comme je vous aime et que vous devez regarder la réalité en face.

En imaginant cette scène, je pensais, bien sûr, à Cyrano et à Roxane, à Roméo et Juliette, au balcon de Vérone, à l'échelle de soie, au clair de lune... Ce qui allait suivre allait rompre ce charme shakespearien. La voix de la mère retentit à l'étage : elle appelait sa fille et lui demandait de lui répondre.

— Il faut que vous partiez, monsieur Gérard ! dit Angélique. Vous voyez bien que notre union est impossible. Ma mère n'acceptera jamais que je renonce à son projet. Adieu, Gérard, et que Dieu vous protège !

Cette scène, j'en conviens, peut passer pour un modèle de mièvrerie romantique. J'aurais eu du mal à y croire si je n'en avais tenu les détails d'Angélique elle-même. Connaissant sa nature peu portée à la fiction romanesque, j'ai tout lieu de lui accorder crédit. Cette passion contraste singulièrement avec les autres liaisons sentimentales ou conjugales dont je fus le témoin, direct ou non. Elle a la grâce d'une épure laissée en plan et dont nul n'aurait pu prédire qu'elle donnerait naissance à une œuvre achevée.

Quelques mois plus tard, Angélique m'a raconté elle-même la suite de cette aventure sentimentale :

— J'ai bien cru que mon destin était scellé à jamais par la volonté de ma marâtre, lorsque je me suis trouvée à la porte du couvent d'Argentat, vêtue de cette ridicule tenue de communiante que votre sœur a confectionnée. L'abbé Calmel avait tenu à nous accompagner, avec trois de ses menettes, pour présenter lui-même sa proie au Seigneur. J'ignore comment Gérard a appris la date et le lieu du sacrifice, mais il était présent lui aussi, pour tenter une dernière chance. Sans en avoir la certitude, je crois que c'est votre belle-sœur, Cécile, qui l'a prévenu, informée elle-même, peut-être, par Flavie. Il est vrai qu'à Saint-Roch les secrets s'ébruitent vite...

Alors que l'abbé venait de sonner à la porte du couvent, une torpédo bleue surgit sur la place. Un homme jeune et de belle prestance en sortit et, de sa main gantée, adressa un salut à Angélique. Soudain, s'arrachant au bras de Marie Duroux, elle se précipita vers lui en retroussant le bas de sa tunique, sourde aux appels du curé et de sa mère, qui criaient à l'enlèvement.

C'en était bel et bien un, et tout aussi romantique que la scène nocturne. On aurait pu, me dis-je, en faire un film : l'affolement général, le demi-tour de la torpédo, le voile d'Angélique flottant dans le vent du fleuve...

— Ainsi donc, Angélique, lui dis-je, tu ne regrettes rien ? Es-tu heureuse, au moins ?

— Si je le suis ? Comme un condamné à mort auquel on a annoncé sa grâce...

De même que dans un roman-photo, Gérard la conduisit au château de son oncle, lui donna la plus belle chambre, celle des portraits d'ancêtres et meublée d'un lit datant du Roi-Soleil. Une quinzaine plus tard, il la conduisait à Meyssac pour l'épouser. Elle était majeure depuis trois ou quatre mois.

— Mon bonheur, me dit-elle, a été complet lorsque ma mère m'a pardonné ma fugue. Il faut dire que, si j'avais renoncé à son projet pour épouser un paysan ou un artisan, elle n'aurait pas eu le même réflexe, mais sa fille devenue baronne et vivant dans un château, il y avait de quoi l'inciter à réviser ses principes. Nous l'avons reçue quelques jours après notre mariage. Elle s'entend bien avec l'oncle. Je crois même qu'elle envisage de devenir sa gouvernante.

Elle a ajouté en me prenant à pleins bras avec un rire qui sonnait clair :

— Malvina, j'ai une autre nouvelle à t'apprendre : je suis enceinte !

Du coup, elle a oublié qu'elle me vouvoyait...

D'autres événements allaient ébranler la petite société de Saint-Roch.

Un jeudi, peu avant les grandes vacances, alors que Cécile, en ma compagnie, rendait visite à Bernède, elle trouva Sylvaine occupée, malgré la chaleur, à retirer des nasses d'écrevisses de la retenue.

— Vous arrivez à point, nous dit Sylvaine, pour me rappeler que Joffre m'a donné rendez-vous à la mairie. Faut que je me fasse belle. Ma robe du dimanche, un coup de peigne, une goutte de sent-bon, et hop ! En place pour le quadrille !

Elle ajouta en rangeant ses outils :

— J'aimerais que vous me suiviez.

— Te suivre à la mairie ? dit Cécile. Tu souhaites emprunter de nouveau le tracteur de Joffre ?

Sylvaine éclata de rire.

— Son tracteur, il peut se le garder ! C'est une surprise, et vous en serez les premières informées, mes chéries. Avec vous deux je me sentirai moins godiche. Laissez votre carriole dans la cour. On va monter au village à pied. Ça me détendra.

Du moulin au bourg, la pente est sévère. De temps à autre, en raison de la chaleur orageuse, nous devions nous arrêter pour reprendre haleine à l'ombre d'une haie.

— Vous vous souvenez, nous dit Sylvaine, de la proposition de Joffre de faire de moi, officiellement, la gérante d'une boutique ou d'un bistrot et, officieusement, sa maîtresse ? J'ai bien réfléchi. Je crois que je vais lui donner mon accord. Pas de gaieté de cœur, vous pouvez me croire.

— Par exemple ! protesta Cécile. Aurais-tu oublié ses insultes. Il t'a traitée de putain, si ma mémoire est bonne...

— Bah... Des mots lâchés sous le coup de la colère. Sur le moment, je l'aurais tabassé, mais, à bien réfléchir, je lui en veux pas. Les hommes, je les connais : pour peu que tu leur résistes, ils se sentent humiliés et sortent leurs griffes.

Figée sur place au milieu du chemin, Cécile laissa Sylvaine s'éloigner de quelques pas et lui lança :

— Arrête ! Il est encore temps. Tu vas faire la plus grosse bêtise de ta vie. Si encore tu avais des raisons valables...

— Des raisons ? Mais, ma chérie, je n'en manque pas. Toi, tu as ton fils, Malvina, Flavie, et même Robert. Moi, personne ! Le père Bernède ? Il quitte plus Emma, à croire que cette grenouille de bénitier l'a converti. Son fils, Jeantounet, m'aurait plu, mais il bégaie et il est si timide que j'aurais eu l'impression de dépuceler un chérubin. Reste Joffre. S'il tient ses promesses, je m'installerai à Brive. Je lui tiendrai la dragée haute et, s'il m'emmerde, je le ferai cornette.

— Toi, Sylvaine, dit Cécile, toi et ce vieux sagouin, j'ai peine à l'imaginer.

Sylvaine avait-elle eu tort ou raison de nous inviter à l'accompagner à ce rendez-vous ? Il ne m'appartient pas d'en décider. D'ailleurs, je m'abstins à l'entrée du village. Ce que ma belle-sœur m'a appris par la suite m'a abasourdie.

— Si tu avais vu la tête du bonhomme en constatant ma présence... Il n'a aucune sympathie pour moi, tu le sais, malgré l'aide qu'il nous a apportée pour le bal, mais là, j'ai cru qu'il allait me sauter à la gorge. En dépit des protestations de Sylvaine, il m'a priée de sortir, en me disant qu'en tant que *premier magistrat de la commune,* comme ce vieux vaniteux le rappelle en toute occasion, il était maître d'organiser ses rendez-vous à sa guise, et avec qui lui plaisait. J'ai répliqué vertement en lui disant qu'il en était surtout le premier imbécile !

— Tu lui as dit ça ? Tu as osé ?

— Et comment ! J'ai cru qu'il allait avaler sa cigarette. J'ai même ajouté qu'il devait renoncer à considérer ses administrés, et les femmes surtout, comme du bétail qu'on achète et qu'on vend au gré de ses intérêts. J'ai ajouté que les élections municipales n'étaient pas éloignées et que, pour la première fois, les femmes, sans doute, allaient voter. Il était furieux. J'ai encore ses invectives dans la tête :

— Et vous croyez que ça va changer quelque chose, le vote des femmes ? Ça sera pire qu'avant, c'est moi qui vous le dis ! Donner à ces créatures ignorantes de la politique un droit à l'administration du pays, c'est... c'est une connerie ! Je serai réélu, madame Delpeuch, et je mettrai de l'ordre dans cette pétaudière...

J'ai demandé à Cécile comment sa compagne avait pris cette algarade.

— À ma grande surprise, elle est restée assise sans dire un mot, comme si cet échange d'amabilités ne la concernait pas. En revenant au moulin, elle paraissait très animée et marchait à grandes enjambées en faisant des gestes, comme si elle chassait des moucherons. Quand je lui ai demandé comment s'était conclu son rendez-vous, elle m'a répondu :

— Nous nous sommes engueulés une fois de plus, et j'ai fait ce que tu aurais dû faire : je lui ai envoyé ma main sur la figure. Recta ! Alors, la boutique, le bistrot, la belle vie, terminé !

— C'est ma faute, Sylvaine. Je n'aurais jamais dû accepter de t'accompagner. Que craignais-tu ? qu'il te viole ?

— J'ai bien fait, au contraire. Sans toi, je me serais laissé embobiner par ce maquereau. J'ai compris qu'il voulait me faire travailler pour son compte en se payant en plus sur la bête. Ouf... tu avais raison. J'ai échappé à la plus fameuse bourde de ma vie...

De retour aux Bories-Hautes, l'heure du souper approchant, Cécile resta quelques instants contre le *clédou,* à observer Robert et Petit-Pierre en train de travailler dans le potager.

— Regarde ! disait l'enfant. Tu tiens la tranche comme ça, et tu racles la terre en faisant attention à pas abîmer les racines, comme ma mère m'a appris. Tu as coupé en deux ce beau radis...

— Tu as raison, petit, je suis un maladroit. En

dehors de l'électricité, je ne sais rien faire de mes dix doigts, alors que toi...

— Si tu veux, je t'apprendrai, pour les légumes et pour la vigne. Ce qui me plaît, c'est tailler les gourmands, mais je sais aussi vendanger. Tu verras...

Robert se releva, les mains sur les reins, avec une grimace de douleur.

— Je risque de te décevoir, mon petit. Je dois partir dans quelques jours et nous ne nous reverrons plus de longtemps, peut-être jamais.

Abandonnant sa tranche, il s'avança vers Cécile.

— Avez-vous entendu ce que je viens de dire à votre fils ?

— J'ai entendu. Ce n'est pas une surprise. Où irez-vous après avoir quitté la commune ?

— À Toulouse, pour prendre des ordres de ma direction en vue d'une nouvelle campagne.

— Ce sera un départ... définitif, vraiment ?

Il alla laver ses mains dans la tine et répondit :

— Revenir à Saint-Roch ? Ça n'est pas impossible, Cécile. Ça dépendra en partie de vous...

10

La fête au moulin

Les événements qui ont animé la commune durant l'été, je ne les ai pas oubliés. Il semblait que le destin, en reprenant le chemin de la paix et de la prospérité, eût l'intention de faire table rase des séquelles de la guerre.

Les vacances d'été sont venues, avec de longues journées vides, comme figées dans la chaleur et le silence. Cécile et moi avons aidé aux travaux de la fenaison et de la moisson, comme chaque année. Petit-Pierre nous a quittées un mois durant pour des vacances chez sa tante de Peyrelevade, sur le plateau de Millevaches.

Je me suis installée avec Cécile aux Bories-Hautes pour ces deux mois. Une fois par semaine, elle reçoit une lettre de Robert. Elle était d'accord pour qu'il revienne quand son travail lui en laisserait le loisir. Il est revenu, mais pour de brefs séjours. Leur intimité s'est resserrée, au point que je n'aurais pas été surprise d'apprendre qu'un mariage allait concrétiser leur union. Bien que Cécile ne m'en eût jamais parlé, je sais qu'elle y songeait.

Après un printemps chaud et humide, et deux

ou trois orages sans grêle qui lui ont fait du bien, la vigne n'a jamais été si belle. Avec la permission de la Jacotte, Séraphin nous a aidés à l'entretenir. C'est un plaisir de voir les rangées bien nettes, des allées sans un brin d'herbe, et la densité des grappes qui commencent à tourner au violet.

La fête votive a connu une affluence inhabituelle, dépassant celles d'avant la guerre. La fanfare de Branceilles est venue donner une aubade au maire, à l'adjoint, au curé, et, l'après-midi, un concert sur la terrasse de la Jeanne. L'air sentait la poussière chaude et la guimauve. J'ai disputé une partie de quilles avec des gars de Saint-Roch, Végennes et Marcillac. Séraphin Ledru a gagné la dinde vivante et moi une bouteille de mousseux que nous avons bue le soir même, Cécile, Sylvaine, Emma et moi. Le maire a prévu pour l'an prochain une course cycliste et un concours de pêche au moulin, avec l'aide de sociétés brivistes.

Les artisans que nous avons embauchés ont fait des prodiges pour que la guinguette de Bernède soit prête à la mi-août. *La Dépêche* a même annoncé la date de l'inauguration et prévu une nombreuse assistance.

Sylvaine a noyé ses déboires affectifs dans une activité fiévreuse. Je la vois et l'entends encore, juchée sur un échafaudage, en train d'invectiver les ouvriers :

— Alors, oui ou merde, vous allez la raboter, cette planche ? Qui m'a foutu cet auvent de traviole ? Cette peinture, c'est pour l'année prochaine ? Eh, toi, il t'en faut du temps pour rouler une cigarette...

Certains jours, les dimanches surtout, des concours nous arrivaient de partout aux alentours. Il fallait que Sylvaine, passée maître d'œuvre, se gendarme afin d'éviter que ces bonnes volontés n'engendrent la pagaille. Elle mettait dans ses interventions, sinon de la compétence, du moins de l'autorité. Postées à proximité, sur un talus, à l'ombre d'un prunier, occupées à leur tricot, un groupe de menettes pareilles à une rookerie de pingouins commentaient le spectacle de ce chantier destiné à devenir le lieu de perdition dénoncé en chaire par le curé, ce qui lui avait valu une remontrance du maire. L'abbé Brissaud approuvait de même cette initiative et vint y gâcher du plâtre.

Sylvaine avait fait appel à Clément Vizerie, l'ami de ma sœur Flavie, qui, en plus du métier de forgeron, dans lequel il excellait, avait la passion du bricolage.

Un matin où nous l'aidions à ranger les tables sur la terrasse, à quelques jours de l'inauguration, Sylvaine me toucha l'épaule et pointa le doigt vers un visiteur qui venait d'arrêter son tilbury dans la cour du moulin.

— Ce type, dit-elle, tu le connais ? Qu'est-ce qu'il peut bien nous vouloir ?

Vêtu de sombre, coiffé d'un canotier et portant une serviette sous le bras, le visiteur descendit de sa voiture sans se presser, attacha les guides à un arbre, ôta ses gants de peau et fit sans un mot le tour du chantier.

— Il a une drôle d'allure, dit Cécile. On dirait un huissier ou quelque chose de ce genre. Il ne m'inspire pas confiance, en tout cas.

Il vint vers nous en souriant et se présenta :

— Maître Ceyrat, notaire à Meyssac. Laquelle de vous, mesdames, est la nommée Sylvaine Morillon ?

— Qu'est-ce que je disais, dit Cécile. C'est un oiseau de malheur.

Sylvaine s'est avancée vers lui en lui demandant d'excuser sa tenue de travail : elle portait un sarrau et des pantalons de velours empruntés au meunier.

— Madame Morillon, dit le notaire, vous avez fait paraître, il y a deux mois, dans *La Dépêche,* un article annonçant ces travaux et demandant à d'éventuels mécènes ou actionnaires de se faire connaître. Je suis mandaté pour vous proposer un contrat en vue d'une offre financière importante consacrée à assurer le démarrage de votre projet.

— Une offre ? Et de qui ?

— D'un mécène qui a souhaité garder l'anonymat, du moins pour le moment, je suppose. Je me porte garant de cette personne. J'avoue cependant être le premier surpris de cette proposition peu banale. Enfin, si vous êtes d'accord...

Il sortit des documents de sa serviette, les déposa sur une table du jardin et demanda à Sylvaine d'en prendre connaissance. Il lui tendit son stylo pour les signer.

— C'est que, dit Sylvaine, je suis pas seule à décider. Ce moulin ne m'appartient pas. Il faut que je consulte mes partenaires.

— Eh bien, prenez votre temps, madame. Rien ne presse. Ah ! j'allais oublier... Votre mécène m'a chargé de vous remettre en main propre cette enveloppe. J'ignore son contenu.

Nous venions, Cécile et moi, de descendre de la terrasse quand Sylvaine nous montra la carte postale que contenait l'enveloppe : elle représentait un paysage entièrement occupé par une manufacture de Lorraine, sans rien de pittoresque.

J'ai gardé une copie du texte figurant au dos de la carte : *Sylvaine, quand vous lirez ces quelques mots, je serai en train de parcourir la France. Je me ferai de temps à autre le plaisir de vous donner de mes nouvelles, jusqu'au moment de vous retrouver à Saint-Roch. J'espère que vous avez accueilli favorablement ma proposition.* C'était signé : *Votre mécène.*

Le contrat signé, Sylvaine me chargea d'aller en voiture le remettre à l'étude de maître Ceyrat. Trois jours plus tard, elle recevait un chèque. Il lui causa une telle émotion que je dus la soutenir. Jamais, me dit-elle, elle n'avait vu autant de zéros associés au chiffre initial. Et ce n'était qu'un début. De quoi voir grand.

En faisant sa tournée, Alice apportait de temps à autre à Sylvaine une carte postale de son bienfaiteur. Il persistait à signer *Votre mécène.* L'une d'elles était postée de Gargilesse, un village de l'Indre. Ce mystérieux personnage qui, pour elle, ne pouvait être qu'un original avait mis, durant quelques jours, disait-il, *ses pas dans ceux de George Sand.* Une autre carte venait de Montignac, en Dordogne, où il avait fait halte le temps de visiter quelques sites préhistoriques. Il en écrivit deux autres qu'il posta de Limoges, puis d'Uzerche. La spirale le rapprochait de nous.

Lorsque Sylvaine reçut une carte adressée de Brive, *la dernière,* écrivait le mécène, elle fondit de bonheur. Elle avait passé des heures à suivre, sur la carte de France empruntée à l'école, les étapes d'un voyage qui, jour après jour, rapprochait d'elle son correspondant.

Elle nous dit, le feu au visage :

— Faut prévoir quelque chose pour le recevoir, je sais pas, moi, une cérémonie avec des guirlandes, des drapeaux et de la musique, inviter des gens... Je tiens à ce qu'il y ait du monde. Malvina, tu iras chercher du champagne à Meyssac ! Et pas de la bibine.

— Vas-tu inviter le maire et le curé ? demanda Cécile.

— Le maire, oui. Le curé, il peut se brosser...

Elle courut chez Flavie, lui demanda de lui confectionner, toutes affaires cessantes, une robe à falbalas.

— Impossible ! répondit la couturière. Même en travaillant toute la nuit.

— Eh bien, au boulot ! Tu as mes mesures. Tu crois que je me tourne les pouces, moi ? Si tu as des coupons en réserve, montre-les-moi. Pour la façon, je te fais confiance. Je reviendrai demain matin pour l'essayage.

Le lendemain, sur le coup de midi, Flavie livrait la robe. Une petite merveille, avec un gros camélia rouge et un joli nuage de dentelle au cou et aux manches.

— Flavie, s'écria Sylvaine, tu es une fée ! Je vais te faire de la publicité. Tu sais qu'il entre dans nos projets d'ajouter à la guinguette un magasin de mode. On a même trouvé le nom : *Au bonheur des dames,* comme dans le roman d'Émile Zola. Cette robe, on dirait qu'elle sort de chez Madame Paquin.

J'avais entendu parler de cette grande couturière parisienne. Première femme dans sa partie, elle avait été décorée de la Légion d'honneur, à l'Exposition de 1900. Après la monotonie et le manque d'imagination en matière de toilette générés par la guerre, elle avait lancé des modes en misant sur la fantaisie.

— Ma clientèle me suffit, répondit Flavie. Quant à ton idée, j'y crois pas. La guinguette, oui. Ce magasin, non. Pourquoi pas, tant que tu y es, un salon de coiffure, une épicerie, une pharmacie ?

— Qui vivra verra ! Rien ne presse, mais nous en reparlerons sans tarder.

Au cours de ses tournées à bicyclette, Alice avait répandu la nouvelle de la cérémonie, si bien qu'en fin de matinée il y avait, autour du moulin, autant de monde ou presque qu'à l'Élysée le jour des vœux du Président. Le maire paradait, la poitrine ceinte de son écharpe, au milieu de son conseil municipal. Maître Ceyrat était présent avec sa femme et son clerc, un peu à l'écart, avec Emma, Sylvaine et Cécile. *La Dépêche* avait envoyé son correspondant départemental avec son appareil photographique.

Lorsque le bruit d'un moteur d'automobile se fit entendre sur la route de Brive, entre Marcillac et La Chapelle, j'entendis Sylvaine gémir, disant que cette attente était insupportable, qu'elle n'en pouvait plus, que sa robe la serrait et que le camélia était de trop. Cécile lui prit le bras pour lui glisser à l'oreille que ce n'était pas un ministre qu'on attendait, et lui demander de se calmer. Le maire, qui, invité et oublieux de ses rancunes, venait de nous rejoindre, ajouta :

— Cessez de vous agiter, nom de Dieu ! Les gens se demandent ce qui se passe. Vous n'allez pas tourner de l'œil, non ? Ça ferait mauvais effet...

Il se mit à crier en s'éloignant :

— Bancarel ! Où il est, cet imbécile ? Jamais là quand on a besoin de lui. J'espère qu'il n'aura pas oublié son tambour.

Il n'eut pas à chercher longtemps son garde champêtre. Bancarel se tenait sur la terrasse, en grande tenue, avec sur le ventre son tambour datant de l'Empire. Lorsqu'on l'entendit, au signal, battre la caisse du haut de son perchoir, en mélangeant ses baguettes, on se dit que le moment solennel était proche.

La voiture, une Panhard et Levassor dernier cri, d'un rouge un peu criard, s'avança lentement par l'allée de peupliers qui, depuis des siècles, n'avait vu passer que des ânes porteurs de sacs de blé ou de farine. Lorsqu'elle s'arrêta à une portée de voix de notre groupe, un chauffeur en tenue, avec bottes cirées et képi, en descendit pour ouvrir la portière arrière.

Le personnage qui en sortit n'avait rien d'un ministre. Il était en tenue de touriste, mais d'une élégance raffinée. Ce que nous vîmes de lui en premier, comme s'il ménageait ses effets, ce sont des bottines cirées venues d'un grand chausseur, puis une image de mode qui se dégagea lentement de la voiture, au milieu d'un silence oppressant.

Il fit un signe au chauffeur qui, plongeant dans le coffre encombré de bagages, en retira un énorme bouquet de roses rouges qu'il tendit à son maître, lequel, à pas lents, un peu cérémonieux, s'avança vers nous. Il s'arrêta devant Joffre, lui présenta ses respects et lui dit en riant :

— Eh bien, monsieur le maire, si je m'attendais à un tel accueil !... Pour un simple citoyen comme moi, c'est beaucoup d'honneur.

— Dites plutôt un *bienfaiteur*, monsieur !

Joffre sortit de sa poche le discours qu'il avait préparé, s'éclaircit la voix et en commença la lecture :

— Toute notre commune se joint à moi pour vous saluer et vous remercier de votre geste. Grâce à votre générosité, nous...

Le mécène coupa son élan oratoire :

— Pardonnez-moi, monsieur le maire, j'ai d'abord un devoir urgent à accomplir. Nous reprendrons la cérémonie dans un moment.

Il se dirigea vers notre groupe et ne mit pas longtemps à reconnaître celle qu'il cherchait. Il s'inclina brièvement devant Sylvaine, lui prit la main, la porta à ses lèvres et lui tendit le bouquet.

— Pour vous, ma chère amie, dit-il. Vous voyez, je ne vous ai pas oubliée. J'espère qu'il en est de même pour vous.

Il ôta son chapeau et ses lunettes de soleil. La main de Sylvaine se crispa sur mon bras. Elle gémit, bredouilla :

— Auxence... Auxence... C'était toi ?

— C'est moi. Je suis heureux que tu m'aies reconnu. Je craignais... J'ai tant changé... La guerre ne m'a pas épargné, mais j'en suis revenu presque indemne, grâce à toi pour une large part. Quant à toi, tu es... tu es... superbe ! Tu ne m'embrasses pas ?

Sous le flash du photographe, elle s'accrocha à lui en pleurant. Il chancela, éclata de rire en ramassant son chapeau qu'elle avait fait tomber dans son élan.

— Je vois, dit-il, que tu n'as rien perdu de ta vigueur ! Bonne race de Lorraine, comme moi.

Il recula de quelques pas et, tourné vers le groupe formé par le maire et son conseil municipal, leur lança :

— Mes amis, il faut que je vous dise : cette jeune femme est une héroïne à sa manière. Durant quelques jours, sur la fin de la guerre, elle m'a protégé, abrité, nourri et, je l'affirme, sauvé la vie. Je l'avais perdue de vue à cause de mes affaires, mais je la retrouve enfin. C'est un grand jour pour moi.

On se pressa autour de lui pour en savoir plus. Quelques flashes éclaboussèrent la scène. Auxence prit Sylvaine par la main pour satisfaire à quelques poses, puis pour tenter d'échapper à la foule qui les entourait. Sylvaine se tourna vers nous, rose de bonheur, éblouissante, avec de petits signes de la main pour nous témoigner sa joie.

— Suis-moi jusqu'à l'étage ! dit-elle à Auxence. J'ai quelque chose à te montrer.

Elle l'entraîna sur la terrasse et le poussa dans sa chambre, ce qui suscita quelques commentaires salaces de la part des ouvriers qui se tenaient groupés derrière nous.

— Ben, dis donc, elle perd pas de temps, la Sylvaine !

— Un veinard, ce type...

— Faut dire qu'aujourd'hui elle est en beauté.

L'ingénieur, qui avait abandonné son chantier pour se mêler à la réception, les fit taire. À peine entrés, en laissant la porte ouverte pour que ce premier tête-à-tête ne prêtât pas à confusion, Sylvaine entraîna Auxence sans lui lâcher la main vers la cloison où figurait la grande carte de France sur laquelle elle avait planté les paperolles marquant les étapes de la promenade d'Auxence, avec les cartes postales épinglées en marge. Il lui dit, en passant un bras autour de son épaule :

— Il n'en manque pas une ! Ton impatience n'avait d'égale que la mienne, et ce n'est pas peu dire.

— Je trouve, moi, que tu as bien tardé. Pourquoi n'es-tu pas venu directement, puisque tu savais où me trouver ?

— Pardonne-moi. J'avais un rendez-vous important en Provence. Au retour, comme j'avais une occasion de visiter la France, je n'allais pas la laisser passer, malgré l'envie que j'avais de te revoir.

Ils reparurent sur la terrasse quelques instants plus tard. Des applaudissements crépitèrent dans la cour, accompagnés d'un roulement de tambour. Accoudé à la balustrade, il lui dit en parcourant le paysage à travers ses lunettes de soleil :

— Ainsi, c'est là que tu as choisi de vivre. C'est un beau pays, calme, opulent, généreux... Mais parlons de toi. T'es-tu remariée ? Es-tu heureuse ?

— Heureuse, Auxence ? oui... enfin, comme peut l'être une veuve, une femme seule, mais qui a son quotidien assuré et pas d'ennuis de santé.

Elle n'osa lui demander si lui-même avait trouvé une compagne, mais, lui jetant un baiser sur la joue, elle lui dit :

— Nous reparlerons de ça plus tard, mon chéri. Viens. On nous attend pour le vin d'honneur et le discours du maire. Joffre ne va pas laisser passer l'occasion de se faire mousser avant les élections. Ce vieux vaniteux...

— Si l'idée d'installer une guinguette à cet endroit vient de toi, compliments. On se croirait dans une peinture de bord de Seine de Renoir ou de Monet. Ça prouverait ton esprit d'entreprise, ce qui ne me surprendrait pas, car tu as l'étoffe d'une femme d'action. Je ne regrette pas de t'avoir aidée. S'il y a un accordéoniste dans la foule et qu'on danse, je te retiens pour la première valse, comme dans ta ferme, au son de l'harmonica, tu te souviens ?

Ils redescendirent lentement. Il ajouta :

— Dis-le-moi franchement, Sylvaine. Me trouves-tu changé ?

— À vrai dire, il semble que tu aies un peu grossi, mais ça convient à l'homme d'affaires que tu es devenu. Je te trouve même plus séduisant que jadis. Tu dois en faire, des conquêtes...

Au soir de cette journée, Sylvaine me raconta qu'elle avait failli s'évanouir de bonheur quand il lui avait répondu :

— Il n'y a qu'une conquête qui me tente : la tienne. Je n'avais pas encore, avant ce jour, trouvé une femme qui puisse me convenir. Dans mon milieu, on ne trouve que des filles à papa, des bigotes ou des pimbêches. Je voulais épouser une vraie femme, même hors de mon milieu, non un compte en banque. Quelque chose me dit que j'ai trouvé ce que je cherchais...

J'étais à quelques pas d'Auxence et du maire au moment où leur conversation, verre de champagne en main, portait sur le vote des femmes.

— Je ne me fais plus d'illusions, dit Auxence. Nos députés sont favorables à ce projet, mais le Sénat votera contre, et cette loi restera lettre morte. Les sénateurs... toujours une longueur de retard sur le progrès social. On y reviendra, mais plus tard, après l'Allemagne et la Turquie, qui ont franchi le pas. Nous serons peut-être le dernier pays d'Europe à donner aux femmes ce droit légitime. Nous n'aurons pas à en tirer gloire...

Ce faux jeton de Joffre opina, mais ajouta :

— Pourtant, monsieur, les femmes ont-elles envie qu'on leur attribue ce droit ? Vraiment envie ?

— La plupart sont indifférentes ou réticentes, j'en conviens, mais le jour viendra où elles auront conscience de leurs droits et de leurs devoirs.

Jeantounet était présent, avec son accordéon. Sylvaine lui demanda de jouer sa *Valse des célibataires.* Elle s'avança vers Auxence en lui rappelant sa promesse d'ouvrir le bal, et, de nouveau les flashes éclatèrent.

La cérémonie officielle close, Sylvaine invita ses compagnes et ses amis, sans oublier l'ingénieur, à des réjouissances plus intimes.

Elle étendit des nappes à même l'herbe, dans la *piboulaie,* sous la rangée de noisetiers qui clôt un bel espace de prairie au bord de la rivière. J'avais dispersé entre les bouteilles un semis de fleurs des champs cueillies avec Cécile et Emma. Nous avions réalisé avec de la pâte d'amandes, du chocolat et des fruits confits, une maquette du *Moulin-guinguette de la Gane.*

Chacun se mit à l'aise, à commencer par Auxence. Il posa sa veste, déboutonna son gilet et défit son col raide, avant de s'asseoir à même l'herbe, à côté de Sylvaine, radieuse. Il paraissait détendu, plus heureux d'être là, sans doute, que dans un conseil d'administration ou un repas de notables.

J'appris le lendemain, par une confidence de Sylvaine, que la famille d'Auxence Memling, des industriels lorrains, l'avait aidé à fonder à Paris un journal qui se proposait de concurrencer *L'Intransigeant*, et surtout la presse réactionnaire, comme *L'Écho de Paris*. Les débuts étaient prometteurs.

— C'est en feuilletant la presse de province, me dit-elle, qu'il est tombé, par hasard, sur l'annonce de notre projet et sur mon nom. Il s'est renseigné auprès de ses confrères de *La Dépêche*, à Toulouse, puis à l'étude de maître Ceyrat. Et voilà ! On peut parler de miracle, non ?

Pour pallier les curiosités malsaines, Auxence repartit en début de soirée pour aller dîner chez le notaire de Meyssac et coucher à l'hôtel des Voyageurs. Le lendemain, peu avant midi, après être allé visiter Collonges, il était de retour et invitait Sylvaine à une promenade en voiture le long de la Dordogne, jusqu'à Souillac, où ils s'arrêteraient pour dîner, dans un château dominant la Dordogne.

Au cours de ce repas, me raconta Sylvaine, ils avaient évoqué les heures sombres de la guerre et celles, lumineuses, de leur amitié, la cohabitation entre soldats allemands et français, la mémoire de

Pierre qui avait protégé Auxence comme un frère lorsqu'il l'avait senti à bout d'énergie. Dans ces derniers jours de guerre, Sylvaine avait partagé avec Auxence les prémices d'un amour auquel l'armistice avait mis un terme. Des détails en apparence anodins leur revenaient en mémoire. Ils auraient pu bavarder ainsi durant des heures et des jours sans se lasser.

La guerre terminée, il était retourné à Longwy avec quelques blessures, surtout mentales, un écœurement dont il avait mis longtemps à se remettre et une prévention contre cette famille d'industriels en armement dont il souhaitait se séparer au plus vite. Ce n'est pas sans mal qu'il avait persuadé son père de son intention de rompre avec la tradition familiale pour s'engager dans une autre voie : celle du journalisme. On n'avait pas cru à cette lubie, mais il avait tenu bon.

Trouver un créneau d'opinions politiques et quelques collaborateurs qui épousaient ses vues lui fut aisé. Après des débuts laborieux, son journal prospéra et s'imposa. Il était devenu pour le Parlement, le gouvernement, les partis et les syndicats, un titre de référence.

Sur le chemin du retour, alors qu'ils arrivaient au pied du château de Belcastel, entre le fleuve et les gorges de l'Ouysse, Auxence dit à Sylvaine :

— Avant de reprendre la route de Paris, j'ai un devoir à accomplir. Lorsque j'ai dû remonter au feu, après t'avoir quittée, Pierre m'a confié une lettre pour sa femme, en me demandant de la lui faire parvenir, la paix revenue, si j'étais encore de ce monde. Cette lettre, j'ai cru longtemps l'avoir égarée. Ce n'est qu'en lisant le nom de Saint-Roch dans ton annonce que je m'en suis souvenu, que je l'ai cherchée et retrouvée. Je la lui remettrai ce soir.

Il accepta l'invitation à souper de Cécile, en présence de Robert Le Floch, qui occupa une partie de la soirée à évoquer avec Auxence la situation politique et les progrès de la science. Afin de ne pas gâter la soirée par un moment d'émotion, Auxence ne remit à Cécile la lettre de Pierre qu'au moment de repartir, en s'excusant d'avoir mis si longtemps à accomplir cette mission. Elle ouvrit l'enveloppe froissée, maculée de taches sombres, et tendit le feuillet à Sylvaine.

— Lis-la, toi. Moi, je ne m'en sens pas le courage.

Elle se laissa retomber sur le banc, ses mains pétrissant son mouchoir entre ses genoux. Je m'assis près d'elle et lui pris le bras. Sylvaine s'éclaircit la voix et commença sa lecture.

Pierre lui racontait le rêve qu'il avait fait, la nuit précédant son départ pour une bataille dont il paraissait avoir le pressentiment qu'il ne reviendrait pas. *Avant d'affronter de nouveau l'enfer,* écrivait-il, *j'ai fait un rêve, Cécile, un rêve d'amour. La paix était revenue et j'allais enfin rentrer et te retrouver, toi, ma chère femme, et notre Petit-Pierre.* Il racontait le voyage imaginaire de son retour : embarquement à Bligny, dans un wagon à bestiaux, changement à Paris, gare de l'Est, train pour Brive à Austerlitz et fin du voyage par le tramway départemental...

La voix de Sylvaine s'étrangla en lisant les dernières phrases :

Au moment de monter au feu, je dois arrêter ma lettre pour ne pas perdre courage. L'idée que je ne sortirai pas vivant de cet enfer et que je ne te verrai plus jamais m'est insupportable. Je t'embrasse. Ton mari qui t'aime.

En écoutant ce message d'outre-tombe, dans cette maison des Bories-Hautes marquée de sa présence, devant sa photo exposée sur la cheminée, où il figure, à côté d'Auxence, devant la maison de Sylvaine, nous avions tous des brûlures de larmes aux paupières.

Debout sur le seuil de la porte, un petit cigare d'Auxence aux lèvres, Robert regardait le soir d'été tomber sur la vallée, en se disant que lui aussi allait disparaître de la vie de Cécile, et peut-être à jamais.

Nous étions plongés dans une telle ambiance, après la lecture de cette lettre et l'épais silence qui l'avait suivie, que je m'attendais à voir se défaire brusquement les liens précaires que les personnages qui m'entouraient avaient noués et dénoués depuis quelques mois, sans que rien n'annonçât une promesse de pérennité. Je n'aurais pas été surprise de voir, dans la fumée de ma cigarette, devant le *cantou* dont les dernières braises me chauffaient les reins, ces quatre personnages se retirer en coulisses après un bref salut ou se dissoudre dans les marges d'un rêve.

Qu'allait-il en être des relations entre Robert et Cécile qui, depuis quelques semaines, baignaient dans la même équivoque ? Auxence allait-il, après quelques gesticulations sentimentales, se replonger, en oubliant Sylvaine, dans l'actualité parisienne ? Ces quatre personnages, je les voyais, comme dans une brume, à un carrefour, en train de chercher leur route.

Il est vrai que, ce soir-là, sur la fin de mes vacances d'été, j'étais un peu ivre...

11

Album de souvenirs

Cette idée d'un bal des célibataires, plus agréable que les foires organisées dans la même intention sur le plateau de Millevaches, à la même époque, a connu, comme pour toute aventure humaine, des réussites et des échecs. On ne peut attendre de miracles des rencontres provoquées, dues au hasard ou à une simple attirance physique.

Nous avons connu, à Saint-Roch, même si elles ont été discrètes, des unions proches de la perfection, d'autres qui ont sombré dans la mésentente ou l'indifférence, la plupart n'ayant été que des pis-aller. Doit-on, devant ce bilan mitigé, conclure à l'inopportunité de cette opération ? J'en doute. Elle a permis à notre village de sortir de son temps de deuil et de sa léthargie.

Ce récit du témoin que je fus ne prétend pas à l'exhaustivité. L'Asmodée auquel je me suis comparée n'a pu explorer toutes les familles de la commune. Pour une poignée de personnages au caractère ou au destin exceptionnels, combien d'autres, tout aussi dignes d'intérêt peut-être, sont restés dans l'ombre ? Pour quelques événements notables, combien seront à jamais ignorés, cachés dans le secret des armoires ou des greniers ?

La plupart des familles de Saint-Roch me sont connues depuis le temps où cette *sauvageonne* de Malvina, chassée comme une mendiante mais fouinant partout, exerçait une curiosité qui a fait de mon village, et, plus tard, des milieux de l'enseignement, un champ d'investigation inépuisable. Des épis j'ai fait des gerbes et des gerbes une moisson.

J'ai tenu, au cours de ce récit, à m'effacer derrière les personnages qui ont animé l'année ayant succédé à ce qu'on appelle la *Grande Guerre*. Je m'en suis tenue, effacée mais présente, à mon rôle de témoin d'un projet qui constituait un défi au destin et une revanche contre les démons qui gouvernent le monde.

La solitude de ces veuves et de ces femmes célibataires, j'en ai moi-même souffert, mais j'ai appris à m'en accommoder. Mon amour de jeunesse, celui qui m'a liée à Fabien Thibaud, s'est évaporé dans le branle-bas qui a précédé les *Années folles*. Depuis, je butine des amours sans passion et sans lendemain. Dans ces passades, je découvre le goût de l'indépendance qui gouverne tous les actes de ma vie.

La liberté est l'antidote de la solitude, ce mal dont on devient dépendant, comme d'une drogue et où, très vite, on finit par ne ressembler qu'à soi-même. De cette liberté, je n'ai que la bonne part, celle qui adhère à mon milieu sans se laisser pénétrer et dénaturer. Me marier, vivre le restant de mes jours *attachée* au même homme, passer mes dernières années à feuilleter l'album des bons moments, non merci !

J'étais beaucoup moins inquiète de mon avenir que de celui de Cécile. Je la savais plus attirée que moi par la passion, les relations à long terme, et plus vulnérable. Elle sait que j'ai constamment joué à la cachette avec la passion, me laissant parfois attraper mais m'y refusant lorsque je risquais d'en être prisonnière. Quant à une relation suivie, avec fidélité obligatoire, je prierais Dieu de m'en protéger, si je croyais en lui.

Robert Le Floch n'aura-t-il été, dans la vie de Cécile, qu'un personnage épisodique, plus attaché à son travail qu'à ses sentiments, plus épris de la *Fée Électricité* que de la Femme ? C'est la question qui me venait à l'esprit en le voyant, dans un silence obsédant, préparer son bagage pour quitter les Bories-Hautes. Je n'attendais ni de lui ni de Cécile une réponse qui, d'ailleurs, ne vint pas. Je me disais qu'il allait poursuivre ses campagnes en d'autres provinces, après nous avoir laissé ce cadeau qui allait changer notre vie : le courant électrique.

Je me trompais. Avant de quitter Saint-Roch, il a demandé à Cécile si elle consentirait, *éventuellement*, à l'épouser. Elle m'a dit en me révélant cette demande conditionnelle :

— J'ai d'abord accepté, non sans tiquer sur l'*éventualité* de sa décision, en cachant ma joie. Quand il a été parti et que je me suis retrouvée seule avec mon fils, j'ai pensé que je n'aurais jamais la patience des femmes de marins-pêcheurs et qu'il n'était pas souhaitable pour Petit-Pierre d'avoir un père à éclipse.

Elle a ajouté :

— Je ne lui ai toujours pas fait connaître ma réponse. J'attends je ne sais quoi. S'il me relance et s'il insiste, je me déciderai peut-être à lui donner mon accord.

Elle est ainsi, Cécile : jamais très sûre de ses sentiments, hésitant à les exprimer, ne s'aventurant qu'à pas comptés et gardant toujours un œil sur une retraite possible. La lettre posthume de Pierre, en mettant fin à son deuil, ainsi que la demande en mariage de Robert, aussi timide fût-elle, refermaient sur elle la porte d'une solitude que je devinais pesante et dont ma présence la soulageait.

Je n'osais pas la presser de prendre une décision, la réponse m'étant connue d'avance :

— Fous-moi la paix, Malvina ! J'ai toute la vie pour me décider.

Cécile a compris que Sylvaine allait quitter à jamais Saint-Roch quand elle lui a dit, quelques semaines après le départ de son ami :

— J'ai reçu ce matin une lettre d'Auxence. Il me demande de le rejoindre à Paris *dans les plus brefs délais,* qu'il dit. Eh bien Cécile, je vais te dire : ça m'emmerde ! Je vais lui répondre que j'ai réfléchi, que ma vie est ici, que je pourrais pas vivre à Paris, dans son milieu d'artistes et d'intellos. Il est bien gentil, ce petit Auxence, tendre, généreux, et tout et tout, mais il me fatigue, si tu savais... Il m'a éblouie, mais je vais pas passer ma vie à regarder le soleil. Alors, je vais lui répondre que c'est non !

J'ai songé, en écoutant Cécile me raconter cette réaction, à ce mendiant qui, à Ceylan, pouvait regarder fixement le soleil durant des heures. Il n'avait sans doute la possibilité d'accomplir ce prodige que parce qu'il était aveugle...

Auxence prit si mal le refus que Sylvaine semblait lui opposer par son silence qu'il débarqua un jour à Saint-Roch et lui dit d'un ton qui m'admettait pas de réplique :

— Je viens te chercher, ma chérie. Prépare tes valises. J'ai annoncé mes fiançailles à ma famille et à mes amis. Si tu refusais, je passerais pour un guignol et toi pour une idiote. Ton appartement est prêt. Il t'attend, rue Saint-Martin, à deux pas du journal.

Il lui offrit une bague ornée d'un rubis. Elle soupira :

— Mais, Auxence...

— Il n'y a pas de *mais*. Tu as une journée pour te préparer et faire tes adieux à tes amis. Moi, je vais profiter de mon passage pour visiter les dépositaires de presse de la région.

Il embrassa Cécile au moment du départ. Elle lui parla d'*au revoir*, mais ce furent des adieux. Dans les semaines qui suivirent, elle lui écrivit régulièrement, puis son courrier s'espaça, et Cécile finit par ne plus recevoir, chaque fin d'année, qu'une carte de vœux à laquelle elle ne prenait pas la peine de répondre. Quand je remonte aux Bories-Hautes j'éprouve un élan de tristesse en regardant les balsamines qu'elle a semées sur la façade et qui ont proliféré.

Lorsque Joffre a perdu son poste de maire et de conseiller général, personne n'a porté le deuil.

Depuis cet échec cuisant et la mort de son épouse, qui lui fut moins pénible, il vit cloîtré dans sa demeure où, au temps des vacances, il reçoit ses enfants qui, depuis belle lurette, ont quitté la commune. Il ne sort de sa tanière que pour acheter son journal et son pain ou, le dimanche, se rendre à la messe. Il a vendu son tracteur et loué ses terres. Son potager lui suffit. On dit qu'il boit et que, certains soirs, on l'entend lire à haute voix ses discours du temps où il était un notable. *Sic transit...*

Il a été remplacé par Étienne, le menuisier-ébéniste, fils de Thérèse et de François Delpeyroux. Son père, revenu amnésique de la guerre, a perdu son épouse mais retrouvé à son établi la mémoire des gestes anciens. Étienne n'a pas inventé la poudre mais c'est un bon garçon. J'ai subi ses avances à plusieurs reprises. Sans le décourager pour ne pas lui faire de peine, j'ai repoussé aux calendes ses propositions matrimoniales mirobolantes : épouse du maire, ça vous pose ! Séraphin Ledru, le mari de la Jacotte, est devenu son adjoint. Ils font du bon travail, mais sans éclat particulier.

Le mariage de ma sœur Flavie avec Clément Vizerie, le mutilé de la face, était depuis longtemps programmé. Elle a renoncé aux sirènes qui voulaient l'arracher à son village, et se contente d'une clientèle modeste mais fidèle et qu'elle tutoie. Clément a repris la forge désaffectée, muette depuis le début de la guerre, et, de nouveau, le bruit du marteau sur l'enclume a retenti, symbole de vie et d'activité. C'est beau et émouvant comme une dictée de certificat d'études d'Émile Moselly ou d'André Theuriet. Il s'est lancé dans la ferronnerie d'art et a pris comme apprenti le Babeu, ce pauvre *innocen-*

tou, et lui a appris à manier le soufflet. Un an après leur mariage, Flavie lui a donné un beau garçon.

Le père Bernède est mort au temps de la Chandeleur, trois ans après la fin de la guerre.

Au retour d'une course à Collonges, on l'a trouvé sans vie, affaissé sur le banc de sa carriole, sa pipe à la main, devant son moulin. Le bourricot ne s'est pas trompé de chemin pour la ramener. Emma n'a pas eu à se faire confectionner une tenue de veuve : elle en avait l'apparence depuis son adolescence.

Sans vivre ensemble, ils se voyaient tous les jours. Ces mauvaises langues de menettes disaient, en parlant d'elle, *la meunière*. Ces deux-là étaient faits pour s'entendre, mais n'en avaient eu conscience que trop tard. Elle directrice d'une institution religieuse, lui lecteur de l'*Huma*, il semblait que tout dût les opposer. Ils avaient fini, pour ainsi dire, surmontant leurs divergences, par trouver une plateforme commune. On se disait qu'ils allaient vivre ensemble. Il l'avait trahie par sa mort.

La guinguette du moulin n'a connu qu'une existence brève et sans éclat. Le beau rêve de Sylvaine a sombré peu à peu dans l'indifférence.

Restée à Saint-Roch, elle se serait démenée pour en faire, avec la clientèle venue le dimanche de Meyssac et de Brive, un lieu de loisir et de détente très fréquenté. Son départ a sonné le glas de ce beau projet, Jeantounet n'étant pas de taille à la faire fructifier et n'en ayant pas le goût. Il a revendu la bâtisse et le terrain à la municipalité qui en a fait une maison commune. On y donne des réceptions, des séances de cinéma le samedi, des soirées dansantes au profit de la Croix-Rouge ou des victimes de la guerre. Tous les jours, les vieux de la commune viennent y battre la carte et boire leur pastis ou leur chopine.

L'abbé Brissaud est allé finir ses jours à la maison de retraite des prêtres, à Champanatier, dans les faubourgs de Brive. Calmel a survécu trois ans à un ministère marqué par une foi exacerbée et des excès d'autorité que même les menettes réprouvaient. Il a été remplacé par un ancien aumônier militaire qui n'a pas eu beaucoup de mal à rassembler le troupeau boudeur de ses ouailles.

Un soir d'hiver, devant une toupine de châtaignes blanchies cuites avec des raves et des patates, j'ai ouvert le coffret de fer Chocolat Menier où, depuis le règne de la Maïré, nous entassons les photos et les documents de la famille Delpeuch.

J'y ai retrouvé, parmi quelques autres, celles de groupes d'écoliers, et notamment, une photo brunâtre que je croyais avoir égarée. Autant qu'il m'en souvienne, elle était l'œuvre d'un jeune photographe de la maison Beynié, de Brive, spécialiste des photos d'école et des cartes postales folkloriques.

Ce document a été pris peu après le battage du blé. Entre un attelage de bœufs au front protégé par un émouchoir et une palissade de *ronces artificielles,* devenues nos modernes fils de fer barbelés, on distingue, à droite, vêtue d'une robe à carreaux, ma belle-sœur, Cécile, l'air méditatif. De l'autre côté, engoncée du col aux chevilles dans une sorte de tunique, une adolescente au regard sévère : moi, Malvina. Au fond, contre une haute meule de paille, se dessine la silhouette de Pierre, bras ballants, l'air absent.

— Tu te souviens, me dit Cécile : c'était pendant les vacances, alors que tu en étais à ta première année d'école primaire supérieure. Ton frère, déjà, s'intéressait à moi. Il ne savait comment me le dire, et moi, naïve que je suis, j'hésitais à l'y encourager.

— Cette photo, dis-je, nous allons la faire encadrer...

Table

Ouvrages de Michel Peyramaure (suite)

Le Printemps des pierres, Laffont ; Livre de Poche.
Les Empires de cendre :
1. *Les Portes de Gergovie*, Laffont ; Pocket et France-Loisirs.
2. *La Chair et le Bronze*, Laffont.
3. *La Porte noire*, Laffont.
La Division maudite, Laffont.
La Passion Béatrice, Laffont ; France-Loisirs et Pocket.
Les Dames de Marsanges :
1. *Les Dames de Marsanges*, Laffont.
2. *La Montagne terrible*, Laffont.
3. *Demain après l'orage*, Laffont.
Napoléon :
1. *L'Étoile Bonaparte*, Laffont.
2. *L'Aigle et la Foudre*, Laffont.
Les Flammes du Paradis, Laffont ; Pocket et France-Loisirs.
Les Tambours sauvages, Presses de la Cité ; France-Loisirs et Pocket.
Le Beau Monde, Laffont ; France-Loisirs et Pocket.
Pacifique-Sud, Presses de la Cité ; France-Loisirs et Pocket.
Martial Chabannes gardien des ruines, Laffont, prix du Printemps du livre de Montaigut ; France-Loisirs ; Pocket.
Les Demoiselles des Écoles, Laffont ; France-Loisirs et Pocket.
Louisiana, Presses de la Cité ; France-Loisirs et Pocket.
Un monde à sauver, Bartillat, prix Jules-Sandeau.
Henri IV :
1. *L'Enfant roi de Navarre*, Laffont ; Pocket.
2. *Ralliez-vous à mon panache blanc !*, Laffont ; Pocket.
3. *Les Amours, les passions et la gloire*, Laffont ; Pocket.
Lavalette grenadier d'Égypte, Laffont ; France-Loisirs ; Pocket.
La Tour des Anges, France-Loisirs ; Laffont ; Pocket.
Suzanne Valadon :
1. *Les Escaliers de Montmartre*, Laffont ; Grand livre du mois ; Pocket.
2. *Le Temps des ivresses*, Laffont ; Grand livre du mois ; Pocket.
Jeanne d'Arc :
1. *Et Dieu donnera la victoire*, Laffont ; Pocket.
2. *La Couronne de feu*, Laffont ; Pocket.

Les Chiens sauvages, Laffont ; Pocket.
Vu du clocher, Bartillat.
La Cabane aux fées, Le Rocher.
Soupes d'orties, nouvelles, Anne-Carrière.
Le roman des Croisades :

1. *La Croix et le Royaume*, Laffont ; Pocket.
2. *Les Étendards du Temple*, Laffont ; Pocket.

Le Roman de Catherine de Médicis, Presses de la Cité.
La Divine. Le roman de Sarah Bernhardt, Laffont ; Pocket.
Le Bonheur des charmettes, La Table Ronde.
Balades des chemins creux, Anne-Carrière.
Fille de la colère. Le roman de Louise Michel, Laffont ; Pocket.
Un château rose en Corrèze, Presses de la Cité.
Les Grandes Falaises, Presses de la Cité.
Les Bals de Versailles, Laffont ; Pocket.
De granit et de schiste, Anne-Carrière.
Les Amants maudits, Laffont, prix Jules-Sandeau.
Le Pays du Bel Espoir, Presses de la Cité.
L'Épopée cathare, album, Ouest-France.
Le Château de la chimère, La Table ronde.
La Caverne magique, Laffont.
La Vallée endormie, France-Loisirs.
Batailles en Margeride, Le Rouergue.
Les Fêtes galantes, Laffont.

POUR LA JEUNESSE

La Vallée des mammouths, Grand Prix des Treize, Laffont, collection « Plein Vent » ; Folio-junior et Pocket.
Les Colosses de Carthage, Laffont, collection « Plein Vent » ; Pocket.
Cordillère interdite, Laffont, collection « Plein Vent ».
Nous irons décrocher les nuages, Laffont, collection « Plein Vent ».
Je suis Napoléon Bonaparte, Belfond Jeunesse.

ÉDITIONS DE LUXE

Amour du Limousin (illustrations de J.-B. Valadié), Plaisir du Livre, Paris. Réédition (1986) aux éditions Fanlac, à Périgueux.

Èves du monde (illustrations de J.-B. Valadié), Art Média.
Valadié (album, Terre des Arts).

TOURISME

Le Limousin (Larousse).
La Corrèze (Ch. Bonneton).
Le Limousin (Ouest-France).
Brive (commentaire sur des gravures de Pierre Courtois), R. Moreau, Brive.
La Vie en Limousin (texte pour des photos de Pierre Batillot), « Les Monédières ».
Balade en Corrèze (photos de Sylvain Marchou), Les Trois-Épis, Brive.
Brive (Casterman).
Les Montagnes du jour, éd. « Les Monédières ». Préface de Daniel Borzeix.
Sentiers du Limousin, Fayard.
Brive aujourd'hui, Les Trois-Épis.
Aimer les hauts lieux du Limousin (photos de P. Soissons, L. Olivier et C. Darbelet), Ouest-France.

Achevé d'imprimer sur les presses de

BUSSIÈRE

GROUPE CPI

à Saint-Amand-Montrond (Cher)
pour le compte des Éditions Robert Laffont
en octobre 2005

Cet ouvrage a été composé et mis en pages
par Graphic Hainaut
59163 Condé-sur-l'Escaut

N° d'édition : 46249/01. — N° d'impression : 053605/4.
Dépôt légal : octobre 2005.

Imprimé en France